说 神话故事

靳瑞刚／编

伍剑／评注

长江出版传媒 崇文书局

图书在版编目（CIP）数据

世界神话故事与传说 / 靳瑞刚编；伍剑评注 . --
武汉 ： 崇文书局，2019.9（2021.6 重印）
ISBN 978-7-5403-5717-7

Ⅰ . ①世…
Ⅱ . ①靳… ②伍…
Ⅲ . ①阅读课－小学－课外读物
Ⅳ . ① G624.233

中国版本图书馆 CIP 数据核字 (2019) 第 205186 号

世界神话故事与传说

责任编辑	李利霞　丁　璐
责任校对	董　颖
责任印制	李佳超

出版发行　长江出版传媒｜崇文书局

地　　址	武汉市雄楚大街 268 号 C 座 11 层
电　　话	(027)87293001　邮政编码　430070
印　　刷	深圳市福圣印刷有限公司
开　　本	787mm×1092mm　1/16
印　　张	11
字　　数	121 千
版　　次	2019 年 9 月第 1 版
印　　次	2021 年 6 月第 2 次印刷
定　　价	25.80 元

前　言

　　这是一套与统编版教材"快乐读书吧"栏目相配套的丛书，本套书精选了"快乐读书吧"栏目推荐的必读图书。那么，"快乐读书吧"是什么呢？

　　"快乐读书吧"是统编版教材里的一个栏目，是学生在这个学期里课外阅读的指导纲要，旨在引导学生"多读书，读好书，读整本书"。可以说，"快乐读书吧"不仅仅是语文教材设置的一个课程栏目，更是新形势下语文教学和语文学习的一个全新的热点和导向。它针对"学语文不读书、读书少"这个最重要的问题，提醒老师、家长和学生要注重阅读，多读书，回归语文教学的本质。

　　作为统编版教材里全新设置的、旨在为学生课外阅读提供全方位指导的栏目，"快乐读书吧"拨动起学生阅读的指针后，对于老师和家长来说，需要思考的就是：学生为什么要多读书？学生该怎样读书？学生该读怎样的书？

　　阅读对于学生学习和成长的重要性不言而喻，北大教授钱理群先生曾指出："学好语文有很多要素，但最核心最根本的方式就是阅读。"但是，许多学生的阅读仅限于教材内容，而真正的阅读指的是读"书"。"教材"和"书"是不同的概念，"教材"是老师用以教学、学生用以学习的教科书，"书"则是教材之外的课外书，仅靠阅读语文教科书是远远不够的。新课程标准和统编版教材都要求学生要"多读书"，这里的"书"指的正是课外书。统编版教材主编温儒敏认为，无论怎么改革，对于语文来说，都离不开读书。这次语文教材改革的一大特点就是增加学生的课外阅读量，设置"快乐读书吧"栏目，将课外阅读课程化，从而形成"教读—自读—课外阅读"三位一体的阅读教学体系。

在温儒敏教授看来，阅读不要为难孩子，而要激发孩子读书的兴趣，只要有兴趣，一切都好办。因此，在引导学生多读书时，要培养学生广泛的阅读兴趣，扩展学生的阅读面，使学生的阅读心理从"要我读书"向"我要读书"转变，从而让学生自主阅读，让阅读成为习惯。应当引起家长注意的是，当学生看到他们的父母都在玩手机而不读书时，自己也不会有阅读的冲动。因此，营造一个良好的家庭阅读环境，对激发学生的阅读兴趣是很重要的。

语文教育多年来有着重"篇"不重"书"的特点，学生也习惯了单篇、短篇的阅读，一本《诗经》只挑着读了几首，一本《论语》只读了寥寥几句。这种碎片化的阅读会让学生在认知方面"只见树木不见森林"。让人欣慰的是，统编版教材注重引导学生要"读整本书"，要求学生要耐心地、完整地读完一本书，感受读书之美，从而养成好读书的习惯，提升阅读能力和逻辑思维能力。

阅读就要读"好书"，这是一个共识。温儒敏教授指出，统编版教材给小学生指明的阅读方向是"重视原典阅读"，就是多读一些情节生动、积极向上的经典课外书籍，这样才能激发学生的阅读兴趣，树立正确的人生观、价值观。需要注意的是，不同学龄段的学生适合阅读的课外书籍是不一样的，"快乐读书吧"也分别做了具体的指定。总的来说，一、二年级学生以阅读优秀童谣儿歌和简短故事为主；二、三年级学生主要是阅读中外经典童话、寓言故事；四、五、六年级学生则从阅读故事慢慢过渡到神话传说、简单科普和中外经典长篇童话、小说。在这些指定的阅读书目中，兼具中外优秀作品，体现了课外阅读的广泛性要求，有利于拓宽学生的阅读面。

课外阅读课程化，这是新形势下语文教学改革的趋势。本套书根据统编版教材要求，精选必读图书和推荐图书，努力践行中小学语文教育"读书为要"的原则，致力引导学生"多读书，读好书，读整本书"。

目/录
CONTENTS

中国神话

阅读小贴士：

中国神话是一个取之不尽的文化宝藏，是孕育现代文学创作的土壤。神话故事中充满神奇的幻想，它把原始劳动者的愿望和世界万物的生长变化都蒙上了一层奇异的色彩。这里有气势如虹的盘古开天、愤怒的共工怒触不周山、勇敢无畏的后羿射日、嫦娥奔月……历史与想象交织，神秘与浪漫互融。

盘古开天地

很早很早以前，世界不像现在这个样子。那时候，没有蓝天，没有大地，没有太阳，没有月亮，也就没有白天和黑夜。

那世界到底是什么模样？

打个比方说，就像是一个圆圆的、大大的鸡蛋。我们现在看见的蓝天、大地，那时候是合拢在一起的，而且，合拢得密不透风。这个鸡蛋可真大呀！

过了一万八千年吧，这个很大很大的鸡蛋里竟然变出了一个人。

这个人从婴儿到少年，到壮汉，又经过了一万八千年！

这时候，壮汉的身子动了动，眼睛睁开了一道缝，可是，他什么也没有看见，到处是一片混沌[1]。他瞪大眼睛，双眸中闪射出一道穿透混沌的亮光。可惜，眼前是无穷无尽的黑暗。壮汉有些烦躁，烦躁不安地想蹬破这无穷无尽的黑暗。他使劲蹬腿，腿蜷曲着没有蹬开；他使劲展臂，臂蜷曲着没有展开。壮汉眼睛喷闪着强光，霹雳闪电般地暴怒了。他用足全身的力气蹬腿展臂，却一点儿没撑开身边的黑暗。

※ 小讲坛　①混沌：我国传说中指宇宙形成以前模糊一团的景象。

　　壮汉只好在混沌中爬行。爬不多远，头便碰在了硬壁上，只好返回来再爬。爬不多远，又碰在了硬壁上。他惊恐地四处乱摸，摸什么呢？他也不知道，好像是要摸一种可以帮助他的力量。

　　忽然，壮汉的手被什么碰了一下，他摸到了一把斧头。壮汉一使劲，拿起了斧头。就在拿起斧头的瞬间，他浑身的力量全部迸发出来，使劲一抡，身体旋转了起来。双臂越转越快，斧头越抡越猛，突然，壮汉一展胳膊，手中的斧头朝周围抡劈过去。

　　咔嚓嚓——轰隆隆——震耳欲聋的响动爆发了！随着那震耳的响动，那个很大很大的鸡蛋裂开了一道缝。一缕清气徐徐上升，飘飘然变成了蓝色的天空；一团浊物缓缓下降，悠悠然沉积成黄色的土地。

天地就这么劈开了！

这位开天辟地的壮汉名叫盘古。

盘古累了，就坐在地上休息。一挨着地皮，全身都犯困，不由得躺了下来。身体一着地，他就睡着了，睡得香甜美妙。睡着，睡着，盘古觉得有点憋闷，睁眼一看，不好了！蓝天不仅不往上升了，还往下沉落；大地不仅不朝下落了，还朝上飘升。

若是天再沉落，地再飘升，那么就会把他夹在当中，又要重归混沌了。

盘古慌忙爬起，叉开双脚，在地上立稳站直，斜伸两臂，用力托住青天。天不落了，地不升了。可是，这么狭窄的空间真有些憋闷哪！不行，我要让天开地阔。盘古心想着，于是就使劲一撑，天又徐徐飘升了，地又缓缓沉落了。

天升着，每天升高一丈；地落着，每天沉落一丈；盘古长着，每天要长天升高的一丈，地沉落的一丈。

长啊，长啊，一直长了一万八千年。天高极了，不能再高了；地厚极了，不能再厚了；盘古的个头也大极了，不能再大了。那天地到底有多高呢？掰开指头一算，啊呀！可不得了，有九万里那么高呢！

这九万里，不光是天地间的高度，也是盘古个子的高度。盘古真高哇，简直是一位超级巨人。

这位超级巨人很累了，但还不敢松手，他怕天又沉落，地又飘升，天地又变成一片混沌。他长吸一口气，咬紧了牙关，双脚稳扎大地，毫不动摇；两手托举高天，纹丝不晃。他像是一根擎天柱巍然屹立在天地之间。

就这么，盘古巍然屹立了一万八千年。一万八千年后，天牢固了，一分一厘也不会降了；地牢固了，一分一厘也不再升了。

盘古松了双手。一松手，他累得躺在地上。一躺平，盘古的双眼瞅了瞅蓝天，蓝天虽蓝，却空空荡荡的，好像少了点儿什么；再转一转脸，看看大地，大地虽大，却空空旷旷的，好像也缺了点儿什么。他想造些东西填补天地间的空旷，可是，到底天上少什么，地上缺什么呢？他想，使劲想，也想不出来呀。盘古实在太累了，没等他想清楚就睡着了。

盘古进入了香甜的梦乡。他梦见天上不再空荡，白日有了鲜红鲜红的太阳，那是他的右眼变的；晚上有了玉轮般的月亮，那是他的左眼变的；夜晚深邃的天空中还有一闪一闪的星星，那是他的头发和胡须变的。他又梦见，地上不再空旷，有了巍峨耸立的山脉，那是他的肢体变的；有了激荡奔流的江河，那是他的血液变的；有了纵横交叉的道路，那是他的筋脉变的；有了茂密多彩的花草树木，那是他的汗毛变的；还有闪烁的金属、坚硬的石头、圆亮的珍珠，那是他的牙齿、骨头、骨髓变的。

盘古睡得更为香甜了。他的呼吸更为均匀，那均匀的呼吸化成了风；他的鼾声渐渐响起，那响起的鼾声化成了雷；他的眼睛偶尔眨动，那闪耀的光芒化成了闪电；就连他顶天立地时流出的汗水也有了变化，那流出的汗水化成了雨露甘霖……

盘古再也没有醒来，他变成天地间的自然万物了。

共工怒触不周山

共工是炎帝的子孙，他样貌怪异，人面蛇身，头上顶着一头红发，看起来像一盆燃烧的火焰。他常常驾着一条巨大的黑龙徜徉于天地间，掌控着大大小小的江河湖海，被人们称为"水神"。他性格刚烈，无所畏惧，敢于向一切邪恶残暴的势力宣战；他善良、友爱，爱护百姓，是百姓爱戴的神仙。

当时，统领天地的天帝颛顼是一位非常残暴的统治者。他是黄帝的曾孙，黄帝在位时曾一度让他代行神权。颛顼狂妄自大，独断专行，听不得别人的任何谏言。此外，他还常常滥杀无辜。为了实施他的暴行，他还专门派人发明创造了许多极为残酷的刑具。诸神敢怒不敢言，使得颛顼更加嚣张。

颛顼还经常对神界和凡间颁行不合情理的法规，对违背他意愿的人施以各种刑罚。更过分的是，他为了让人与神断绝联系，下令切断了凡间通往上天的通道。不仅如此，他还把太阳、月亮、星星都拴系在北方的天空上，结果导致北方昼夜通明，炎热似火。不久，北方大地上河床开裂、庄稼干枯，人们生活痛苦不堪。而南方却永远都是漆黑一片，伸手不见五指。人们辨不清方向，也看不见东西；植物因得不到阳光的照射而大片大片地死去。野兽横行，尸骨遍野，凡间俨然到了末日。

这时，水神共工勇敢地站了出来，他要为解除人们的苦难而战斗，救民于水火之中。

但是，愚昧的人们因为长期受到颛顼的蛊惑，根本不理解共工，他们仍然寄希望于颛顼，期盼这位天帝带他们脱离苦海。颛顼看到这种情形极为高兴，他大肆宣扬天威，鼓动人们不要相信共工。人们轻易地听信谣言，都站在了颛顼这一边，一同反对共工。

共工虽然没有得到民众的理解和支持，但他坚信自己的做法是正确的，坚决不肯妥协。他坚信正义必胜，决心与万恶的颛顼抗争到底。

颛顼见到势单力薄的共工后，狂笑着说："共工，我劝你最好放弃与我为敌的念头，带着你那几个虾兵蟹将回去老老实实地做你的水神，少管闲事，否则我让你有来无回！"

共工岂会被他的只言片语给吓住，大笑着回敬道："哈哈，你这暴君还想恐吓我！身为天帝不抚慰诸神，不善待自己的子民，反倒干些天地不容的事，你良心何在？我共工与你势不两立！"

"好，那我就要你为今天说的话付出代价！"颛顼一声令下，天神们当即将共工及其部下团团围住。一场激烈的战争开始了。

鼓声、呼喊声、厮杀声混杂在一起，战争十分激烈。共工的部队遭到沉重的打击，他自己也身陷重围。但一想起那些受苦受难的平民百姓，他便浑身充满了力量。共工使出浑身解数全力对抗颛顼部队。战斗愈演愈烈，刀枪戈矛相碰，火光四溅。双方一路拼杀，一直从天界打到凡界。但共工毕竟势单力薄，难与颛顼大军抗衡，只得且战且退。最后，他们一直打到了一座大山的山脚下。

这座山正是由盘古的脚变成的一根擎天柱。共工与颛顼在这里拼杀得异常激烈。不久，共工一方因伤亡惨重，锐气大减，渐渐陷入了绝境，被围困在山下。

共工心急如焚，眼看无法取胜，便决心牺牲自己为天下百姓造福。他驾起飞龙升到半空，死命地一头向大山撞去。只听得"轰隆隆"一阵巨响，大山被拦腰撞断了。一时间，沙石倾泻而下，支撑西天的大山伴随着巨响倒下了，尘土弥漫了整个天地，仿佛天地万物都碎成了粉末一般。接着，西北的天空失去支撑也跟着沉陷下来，天地发生巨变。

东南面的大地因受到山崩的剧烈震动，深陷了下去。从此，大地变成了西高东低的地势，地面上的江河湖水随着地势都奔腾向东，流入大海里去了。

被拴在北方天空上的日月星辰像滚豆子一样"哗啦啦"滚落到了西北方。这些淘气的家伙重获自由，兴奋地绕着天地转起圈来。它们为了不再被拴住，决定一直跑下去。这样，人们每天都能看到它们从东边升起，往西边降落，昼夜随着它们东升西落有条不紊①地交替着。

大地上的子民终于摆脱了极昼极夜的苦日子，重新过上了"日出而作，日落而息"的正常生活。

共工的壮举得到了人们的尊敬。他死后被人们奉为"水师"，即水利之神。

词语 ①有条不紊：有条理，有次序，一点儿不乱。

后羿射日

世界年轻时，天空曾出现十个太阳。他们的母亲是天帝的妻子羲和。她常把十个孩子放在世界最东边的东海洗澡。洗完澡后，他们栖息在一棵大扶桑树上。当晨光来临时，栖息在树梢的太阳便穿越天空。十个太阳每天一换，轮流穿越天空，给大地万物带去光明和热量。

那时候，人们在大地上生活得非常幸福和睦。人和动物像邻居和朋友那样生活在一起。动物将它们的后代放在窝里，不必担心人会伤害它们。农民把谷物堆在田野里，不必担心动物会把它们劫走。人们按时作息，日出而耕，日落而息，生活美满。人和动物彼此以诚相见，互相尊重对方。那时候，人们感恩于太阳给他们带来了时辰、光明和欢乐。

可是，有一天，这十个太阳想到，要是他们一起周游天空，肯定很有趣。于是，当黎明来临时，十个太阳一起踏上了穿越天空的征程。这一下，大地上的人们和万物就遭殃了。十个太阳像十个火团，他们一起放出的热量烤焦了大地。森林着火啦，烧成了灰烬，烧死了许多动物。那些在大火中没有被烧死的动物流窜于人群之中，发疯似的寻找食物。河流干枯了，大海也干涸了。所有的鱼都死了，水中的怪物便爬上岸偷窃食物。许多人和动物渴死了。农作物和果园枯萎了，供给人和家畜的食物也断绝了。一些人出门觅食，被太阳的高温活活烧死；另外一些人则成了野兽的食物。人们在火海里挣扎着生存。

有个年轻英俊的英雄叫作后羿，他是个神箭手，箭法超群，百发百中。他看到人们生活在苦难中，便决心帮助人们脱离苦海，射掉那多余的九个太阳。于是，后羿爬过了九十九座高山，迈过了九十九条大河，穿过了九十九个峡谷，来到了东海边。他登上一座大山，山脚下就是茫茫的大海。后羿拉开了万斤重的弓弩，搭上千斤重的利箭，瞄准天上火辣辣的太阳，嗖的一箭射去，第一个太阳被射落了。后羿又拉开弓弩，搭上利箭，嗡的一声射去，同时射落了两个太阳。

这下，天上还有七个太阳瞪着红彤彤的眼睛。后羿感到这些太阳仍很焦热，又狠狠地射出了第三支箭。这

一箭射得很有力，一箭射落了四个太阳。其他的太阳吓得全身打战，团团旋转。就这样，后羿一支接一支地把箭射向太阳，无一虚发，射掉了九个太阳。中了箭的九个太阳无法生存下去，一个接一个地死去。他们的羽毛纷纷落在地上，他们的光和热一个接一个地消失了。大地越来越暗，直到最后只剩下一个太阳的光。可是，这个剩下的太阳害怕极了，在天上摇摇晃晃，慌慌张张，很快就躲进大海里去了。

天上没有了太阳，立刻变成了一片黑暗。万物得不到阳光的哺育，毒蛇猛兽到处横行，人们无法生活下去了。他们便请求天帝，唤第十个太阳出来，让人类万物繁衍下去。一天早上，东边的海面上，透射出五彩缤纷的朝霞，接着一轮金灿灿的太阳露出海面来了！

人们看到了太阳的光辉，高兴得手舞足蹈，齐声欢呼。从此，这个太阳每天从东方的海边升起，挂在天上，温暖着人间，万物得以生存。

哪吒闹海

从前有一位大将军，叫作李靖，他的夫人生孩子，生下来一个圆圆的肉球，在地上滚来滚去。李靖说："这一定是个妖怪。"拿出宝剑来，朝着那肉球一劈，真怪，那肉球一裂开，从里面跳出一个男娃娃来，胖胖的脸，可逗人喜欢了。

李靖看呆了，正不知道该怎么办好，一位神仙来了。这位神仙说："恭喜，恭喜！我知道尊夫人生了个男娃娃。这娃娃很了不起，让我收他当徒弟吧。"说着，拿出一个镯子，一块手帕，交给李靖，"这是我送给徒弟的礼物，这镯子叫乾坤圈，这手帕叫混天绫。"

这娃娃就是哪吒。七岁那年，一天天气热极了，他到大海里去洗澡，拿着混天绫在水里一晃，就掀起大浪，大浪把东海龙王的水晶宫震得东摇西晃。龙王吓了一大跳，就派了一个夜叉上去看看，到底是怎么回事。

夜叉钻出水面一看，原来是个娃娃在洗澡，举起斧头就砍。哪吒可机灵啦，连忙把身子一闪，取下乾坤圈，向夜叉扔去。别看这乾坤圈小，它比一座大山还重。乾坤圈正好打中夜叉的脑袋，一下子就把他打死了。

龙王听说夜叉被打死了，气得一个劲儿地吹胡子，就叫他的儿子三太子带上兵，去把哪吒捉来。他的兵是什么呀？是虾、鱼、蚌、蟹，哩哩啦啦的一大串。

三太子冲出水面，对哪吒说："打死我家夜叉的是你吗？"

哪吒说："是我，是我。我好好儿地在洗澡，你家夜叉话不问一句，就拿斧头劈我。我用乾坤圈碰了他一下，他就死了。他那么大的个儿，怎么一点儿也挨不起打呀？"

三太子蛮不讲理，举起枪就刺，哪吒让了他好几次，可是三太子就是不放过他。哪吒急了，就把混天绫一扔，这混天绫马上喷出一团团火焰，把三太子紧紧裹住，怎么也逃不掉。哪吒又拿乾坤圈一打，把三太子也打死了，吓得那些虾兵蟹将连滚带爬地钻到水里去了。

三太子一死，就现出原形来了，原来是一条小龙。哪吒把他拖到岸上，心想：爹爹少一根腰带，我把这小龙的龙筋抽出来，搓一根腰带送给爹爹不好吗？于是，哪吒把小龙的龙筋抽了出来，带回家去了。

龙王听说自己的儿子也被哪吒打死了，又是伤心，又是生气，就变成一个读书人的样子，离开水晶宫，来找李靖了。龙王气冲冲地对李靖说："你生的好儿子，打死了我家夜叉，又打死了我的三儿子！"

李靖说："你弄错了吧，我的儿子哪吒才七岁，能打死人吗？"

龙王说："你不信，就把他找来问一问。"

李靖找了前屋找后屋，又找到花园里，哪儿也没找着哪吒。原来，哪吒躲在一间小屋子里，在搓龙筋呢。找了很久，李靖才找到他，问："你在这小屋子里做什么？"

哪吒说："爹爹，我今天打死了一条小龙，抽了他的筋，正在给你搓腰带呢。"

李靖这才知道哪吒真的闯了大祸，只好带了他去见龙王。哪吒看见龙王就说："老伯伯，请您别生气。我不是故意打死您家三太子的。他用枪刺我，我让了他好几次，可是他还一个劲儿地追着打我。我没法儿了，才还了手，不小心把他打死了。您瞧，这是从他身上抽下来的龙筋，还给您就是了。"

龙王见到龙筋，勃然大怒道："我儿岂能白死！"于是，龙王一气之下，请来西海、南海、北海的龙王，准备水淹陈塘关，为儿子报仇雪恨。只见，狂风大作，电闪雷鸣，大雨瓢泼般洒下来。东海翻滚着巨浪，也朝着陈塘关扑来……再这样下去，陈塘关的百姓都会葬身水中。

哪吒见状，便知道自己闯下了大祸，他挺身而出，对龙王说："打死你儿子的是我，跟我爹娘和城中百姓无关。放过他们，我一命偿一命!"说完，哪吒便削骨还父，削肉还母，死了。

龙王一看哪吒死了，便收回大水，走了。

就在李靖夫妇还沉浸于失去儿子的哀伤时，哪吒的神仙师父太乙真人骑白鹤从天而降，他聚齐哪吒的魂魄，往自己的仙山去了。到了仙山，太乙真人不慌不忙地摘了荷叶、荷花，又挖了几节嫩藕，摆成人的样子，然后，拂尘一甩，那荷叶、荷花和嫩藕马上变成了哪吒。哪吒看见师父，连忙跪下行礼。

从此，哪吒留在山上，跟随太乙真人学习本领，最终成了玉帝身边的一员大将。

嫦娥奔月

后羿不辞辛劳，经过千山万水的长途跋涉，终于带着不死药高高兴兴地回到了家里。

早在回家的路上，后羿就已经做出了自己的决定。后羿清楚地记得西王母说过的话：不死药若两人吃可以长生不死，若一人吃则会飞升成仙。后羿非常爱妻子嫦娥，也厌倦了天庭里尔虞我诈的权势争斗。因此，他是绝不会独自吃下神药飞升成仙回到天庭的。

后羿一回到家，就马上把不死药交到了妻子嫦娥的手中，并且把西王母对自己说的一番话也都毫无保留地告诉了妻子嫦娥。夫妻俩商量好了，次日天明，一起吃下长生不死药。

嫦娥看到后羿顺利地取回了不死神药，心里十分宽慰。她想到自己今后虽然不能再上天庭，但能和其他神仙一样不用担心生老病死了，心里有说不出的高兴。

就这样，嫦娥一夜没睡好。到了三更，她趁着后羿还在熟睡，悄悄地打开后羿交给她的不死神药。只见里面一块红色的布包裹着一只很精致的葫芦，她轻轻地摇晃着葫芦，葫芦里面传来清脆的响声。

嫦娥心想：何不打开看看这不死神药到底长什么样？

于是，她便拧开了葫芦，从里面滚出了几粒金黄色的小丸。嫦娥凑到窗前借着月光仔细数了数，一共有六粒。

看着这些神奇的药丸，嫦娥不禁幻想着自己又变成了仙女，穿着华丽的衣服，住在漂亮的宫殿里，每天享用山珍海味，被众多的侍女簇拥着……

一阵凉风吹来，嫦娥的思绪回到了现实中。她低头看了看自己穿的是破旧的麻布衣服，住的是茅草搭建的小屋，吃的是粗茶淡饭。唉！这日子什么时候才是个头呢？

她手里捏着的葫芦滑落到地上，金黄色的小药丸滚了出来。嫦娥急忙捡起小药丸，正准备往葫芦里放时，看了看熟睡的后羿，心想：反正早晚都要吃的，早点吃岂不更好？

想到这里，嫦娥把其中的三粒小药丸吃了下去，把剩下的三粒小药丸仍旧放回葫芦，照旧包好了包袱，重新躺回到后羿身边。

嫦娥久久不能入睡。她翻来覆去，脑海中总是重复出现一个画面：一个华丽的自己，一个由众多侍女簇拥着的自己。这时身边的后羿翻动了一下身子，嘴里喃喃地发出声音，脸上露出了舒心的微笑。嫦娥想后羿大概觉得现在已经很满足了吧！

嫦娥再也睡不着了，她翻身坐了起来，耳边突然响起了西王母的话：倘若一人吃了它，就会飞升成仙，回到天庭。回到天庭！这时，嫦娥的脑子里闪过一个念头：既然后羿已经很满足现在的生活了，我何不成全了他也成全了自己呢？嫦娥的确过不惯清苦的生活，一直向往着过去在天庭里的日子。

想到这里，嫦娥起身，又重新打开了那只葫芦，把剩下的三粒小药丸毫不犹豫地吃了下去。

果然，奇迹发生了。嫦娥渐渐觉得自己的身体变得飘逸起来，双脚也逐渐地离开了地面，整个人不由自主地飘出了窗口……

外面的夜空真的很美，皎洁的明月升在空中，周围繁星闪烁。嫦娥一阵欣喜，觉得自己真的自由了，终于能了却自己多年的夙愿了。

嫦娥一直飘升着，可升得越高，她的心里就越不踏实，因为自己背弃了后羿。如果到了天庭，不仅会遭到众神们的嘲笑，也会遭到姐妹们的唾弃。正当嫦娥犹疑不决时，看到不远处圆圆的皓月。啊！月宫，嫦娥一阵欣慰——这是个好去处。嫦娥决定直奔月宫。

可是到了月宫以后，嫦娥才发现这里并没有自己想象的好。

月宫里出奇地冷。除了一只白兔、一只蟾蜍和一棵桂树，就什么也没有了。

看着眼前的这一切，嫦娥的心也凉了。

她想起了后羿平日对她的好和人世间的温情，不觉后悔了起来。

扫一扫，查答案

一、选择题。

1. 在一片混沌中，孕育着一个伟大的生命，他是（ ）

   A. 女娲　　　　　　　　　B. 盘古

   C. 吴刚　　　　　　　　　D. 共工

2. 盘古的牙齿、骨头变成了（ ）

   A. 雷霆闪电　　　　　　　B. 鸟兽虫鱼

   C. 矿产宝藏　　　　　　　D. 金属石头

3. 嫦娥是谁的妻子？（ ）

   A. 吴刚　　　　　　　　　B. 后羿

   C. 猪八戒　　　　　　　　D. 玉帝

4. 天帝的十个儿子有个共同的名字，叫（ ）

   A. 太阳　　　　　　　　　B. 杜鹃

   C. 精卫　　　　　　　　　D. 月亮

5. （ ）射下了九个太阳，拯救了黎民百姓。

   A. 瑶姬　　　　　　　　　B. 后羿

   C. 精卫　　　　　　　　　D. 神农氏

二、填空题。

1. 很久很久以前的宇宙像＿＿＿＿＿＿＿，孕育着一位大神＿＿＿＿＿＿＿。

2. 巨人＿＿＿＿＿＿＿为了开天辟地耗尽了自己的全部体力和精力，他的血液变成了＿＿＿＿＿＿＿；他的筋脉变成了＿＿＿＿＿＿＿；他的汗毛变成了茂密多彩的＿＿＿＿＿＿＿；还有闪烁的金属，坚硬的石头，圆亮的珍珠，那是他的＿＿＿＿＿、＿＿＿＿＿、＿＿＿＿＿变的。

3. 太阳的母亲叫＿＿＿＿＿＿＿，她的十个太阳儿子所栖息的大树叫＿＿＿＿＿＿＿。

4. 哪吒的镯子叫＿＿＿＿＿＿＿，手帕叫＿＿＿＿＿＿＿。

5. 后羿不愿独自吃下神药飞升成仙回到天庭，一是因为＿＿＿＿＿＿＿，二是因为＿＿＿＿＿＿＿。

三、判断下列说法是否正确，正确的画"√"，错误的画"×"。

1. 混沌中孕育出的巨人是女娲。 （ ）

2. 怒撞不周山的是黄帝的曾孙颛顼。 （ ）

3. 有个年轻英俊的英雄，是个神箭手，他的名字叫后羿。 （ ）

4. 哪吒洗澡时将夜叉打死，并将他的筋抽了出来，带回家去。 （ ）

5. 不死神药若两人吃可以长生不死，若一人吃则会飞升成仙。 （ ）

6. 嫦娥在人间生活时，穿的是破旧的麻布衣服，住的是茅草搭建的小屋，吃的是粗茶淡饭。 （ ）

7. 哪吒的父亲是李靖，师父是太乙真人。 （ ）

8. 共工的相貌奇特，他蛇面人身，头上顶着一头红发，看起来像一盆燃烧的火焰。 （ ）

9. 为了切断神界与人界的联系，炎帝下令毁掉上天的通道。 （ ）

10. 西王母觉得月宫需要一个主人，因此特意赐下神药给嫦娥。 （ ）

四、简答题。

1. 除了后羿射日这件事，你还能说出后羿的哪些故事？

_____

_____

2. 十个太阳一齐出现在天空给大地造成的后果是？

_____

_____

3. 颛顼是一位怎样的天帝？

_____

_____

印度神话

阅读小贴士：

在印度文学中，神话传说占据了十分重要的位置，从吠陀文学到古典梵语文学时代，每一时期的重要文学作品基本上都与神话传说有关，其现存神话资料也是任何国家都不可比的。此外，印度古代书写材料落后，所以始终保持口传的方式，这种口传文学为神话传说的传播创造了极好的条件。加之古印度史学不发达，许多真实历史记载不下来，而在流传中经多年口传，也被神话化了。

梵天创世

尚未形成的世界是一片黑暗的，到处都是混沌的景象，所有的地方都是空荡荡的。整个世界显得那么的孤寂，没有天、没有地、没有水、没有火，也没有日月星辰、云雨雾风、花草树木、鸟兽虫鱼。当然，此时的世界上，更不会有后来作为万物之灵的生物——人。

不知过了几亿年，世界上有了第一种物质——水。浩瀚的大水是自发产生的，传说它是由至高无上的存在创造的。大水无边无际，充斥了世界的每一个角落。

又过了几亿年，世界上第二种物质出现了，那就是火，这种物质产生于无边的大水之中。起初，火只不过是一颗小小的火星。火星在水中越来越大，甚至于到最后居然在大水中熊熊燃烧起来。火不断对水释放热力，渐渐地，水中居然冒出一枚蛋，那是一枚金色的蛋。这枚金蛋在水中漂流着，没有任何东西阻碍过它的漂流。过了不知多少年，金蛋突然裂开了，最伟大的神、宇宙的主宰、世界的创造者——梵天从中诞生了。

伟大的梵天从一出生就施展了他无边的法力，开始创造整个世界。他把孕育他的金蛋的蛋壳分为两个部分。他把蛋壳的上半部分变成了无边的天空，下半部分变成了无尽的大地，就这样，天地形成了。梵天使天和地永远地、彻底地分开了，他要为自己创造一个可以活动的空间。

虽然世界已经有了雏形，但是它依然是混沌的，因为此时的世界没有方位。于是梵天就创造出了东、南、西、北四个方位，然后又确立了时间概念，出现了年、月、日以及时。自此，世界才得以真正形成，成了可以孕育生灵的摇篮。

过了一段时间，伟大的梵天开始苦恼。虽然他创造了世界，虽然他是世界的主宰，但是每当他仰望天空、俯视大地的时候，一切是那么的黑暗，那么的沉寂，因为此时的世界中没有任何的生物，没有一点儿生机。梵天感到寂寞了，他想："这个世界为什么一点

儿生机都没有呢？我一个人简直是太孤独了，我应该找一个或几个伴，那样一者可以让我不再觉得寂寞，二者也可以让他们无限地繁衍后代，使这个由我创造出来的世界变得有生气。"

梵天这个想法刚刚冒出，马上就有六个儿子从他身体的各个部分诞生出来。其中，老大名叫摩里质，产生于梵天的心灵。他是创造了天神、妖魔、人类、禽兽等的著名仙人伽叶波的父亲。老二名叫阿底利，诞生自梵天的眼睛。他是正义之神达摩和月神苏摩的父亲。老三名叫安吉罗，出自梵天的嘴巴。他是安吉罗仙人家族的祖先。老四名叫补罗斯底耶，出自梵天的右耳。相传他是恶魔罗刹的祖先。老五名叫补罗河，诞生于梵天的左耳。相传他是半人半神的小精灵夜叉的祖先。老六名叫克罗图，产生于梵天的鼻孔。这六个儿子是最早的神，都是宇宙中伟大的造物主。

梵天创造完这些伟大的、崇高的造物神以后，决定再创造出能够繁衍后代的神。他先从自己的右脚大拇指生出了第七个儿子——达刹，然后又从自己的左脚大拇指生出了一个女儿——毗里尼。达刹和毗里尼在梵天的庇护下生长得非常快，最后还结为夫妻。

达刹和毗里尼是人类的始祖，繁衍了后世的人类。在他们结为夫妇后不久，就生下了五十个女儿。这些女儿都嫁给了他们的哥哥或是哥哥的儿子们。其中，有十三个女儿嫁给了摩里质的儿子伽叶波，二十七个女儿嫁给了阿底利的儿子月神苏摩。

在达刹和毗里尼所有女儿中，最为有名的是大女儿底提、二女儿檀奴以及三女儿阿底提。底提是巨魔底提耶族的母亲，檀奴则是巨魔檀那婆族的母亲，她们的儿子被后人统称为阿修罗。三女儿阿底提一共生有十二个儿子，被后世的人们统称为天神。他们个个都是英明的神，比如守护之神毗湿奴、雷电之神因陀罗、海神婆楼那、太阳之神苏里耶等，特别是守护之神毗湿奴和雷电之神因陀罗更是声名显赫。

梵天在创造完世界后，感觉非常疲惫，不想再去管理世界了，就将整个世界的统治权交给了他的后代——阿修罗以及天神们。

起初，整个世界的领导权是归阿修罗们所有的。他们法力无边，拥有极其强大的军队。他们有着数不清的财宝，而且还能随心所欲地变幻任何形态。为了能够更好地统治世界，巩固住他们对世界的统治权，阿修罗们在天地之间建起了由金、银、铁构成的三个要塞，并把它们连接起来，统称为"特里普拉"，即"三连城"的意思。

慢慢地，这些作为天神长兄的阿修罗们开始忘乎所以。他们目空一切，骄傲自大，不把任何东西放在眼里，甚至连天神们也不例外。天神们再也不能忍受阿修罗们的胡作非为，他们与阿修罗之间展开了一场争夺世界控制权的战争。

阿底提的十二个儿子勇猛异常，他们在国王因陀罗的领导下，与阿修罗们展开了激烈的战斗。最后，在这场战争中，无数的阿修罗被天神的队伍杀死，使得他们元气大伤。没办法，阿修罗们只得认输，将宇宙的控制权交给了自己的弟弟。

从那以后，整个世界就一直由英明的、崇高的、法力无边的天神们领导。

因陀罗归位天帝

　　因陀罗，阿底提的第七个儿子，也是阿底提十二位天神儿子中最勇猛的一个。他威风凛凛，所向披靡[1]，曾率领天界众神打败了不可一世的阿修罗们，夺回了世界的统治权，最后被天神们奉为统领，成为天帝。

　　他的武器是一个金刚杵，坐骑是一头战象。他是雷电之神，也是人类的保护神。他给大地送去甘露，让农田获得丰收，一直受到凡间的顶礼膜拜。

　　但是，伟大的天帝因陀罗曾经被无情的命运捉弄过，差点儿无法返回天界。故事还要从天神和阿修罗的战争说起：

　　在那场争夺世界统治权的斗争中，所有的天神都尽心竭力地加入战斗。但是，在天神中也出现了一个叛徒，那就是创造与建筑之神陀湿多的儿子，天神们的大祭司。他暗中勾结阿修罗，企图消灭所有的天神。天帝因陀罗知道了这件事后，愤怒至极。他骑上战象，拿起了金刚杵，解决了这个叛徒。

　　这次战斗后，有一个人要找他算账，那就是因陀罗的亲哥哥、

　　微词典　[1]所向披靡：比喻力量所到之处，一切障碍全被扫除。

大祭司的父亲——陀湿多。为了平息他的怒气，因陀罗不得不自我流放。于是，他离开了天界，离开了他的妻子，躲在莲藕的藕节中度日。

失去统帅的三界开始变得混乱起来。天地间昼夜更替没有规律，世界上的江河湖海也开始断流，大批的生物在可怕的混乱中死去。最后，天神们觉得不能再这样下去，必须选出一位新的领袖。

选来选去，天神们最后决定，让地球的统治者、月亮家族的国王——友邻王来统治三界。因为只有友邻王才有着和因陀罗一样的力量、一样的品德和同等的名声。只有他做天帝，才能让所有的人

信服。于是，友邻王在众神的一再坚持下，坐上了天帝的宝座，并得到了所有天神的赐福。天神们以为从此天下就太平了，却没想到等待他们的将是一场更大的灾难。

一开始，友邻王还能严格要求自己，但，渐渐地，那无边的权力助长了他的贪念，他变得飞扬跋扈，目空一切，就连梵天都不放在眼里。天神们开始为他们当初的决定后悔，但是如今也没有办法，因为友邻王的力量是他们赐予的，给出去的东西是收不回来的。

更加让人难以忍受的事情发生了。一天，友邻王外出时看到了因陀罗美丽的妻子舍质，被她的外表迷住了，并动了邪念，想要占有她。于是，他下令让舍质进宫觐见，好趁机行不轨之事。

舍质看出了友邻王的心思，宁死也不进宫。天神们也对友邻王卑鄙无耻的做法感到愤怒，决定帮助舍质渡过难关。可商量来商量去，谁也没想出一个合适的办法。最后，众神决定去找毗湿奴大神。

天神们先把舍质藏起来，然后来到了毗湿奴的住处。他们请求大神为因陀罗洗刷罪行，让他能够重返天界。毗湿奴对天神们说："你们要找到因陀罗，让他为我举行一次盛大的马祭[1]。只有那样，我才能为他洗刷掉罪行，让他重新归位。"天神们找遍了世界的每个角落，也没有找到因陀罗。

舍质见众神没有找回自己的丈夫，很是伤心。她虔诚地向夜神祈祷，祈祷他能够帮助自己找到因陀罗。最后，夜神被舍质的诚心打动了，化成一个美丽的仙女带领舍质找到了因陀罗。

舍质看见久别的丈夫悲喜交加，向他哭诉了自己的思念之情。

※ 小讲坛　①马祭：是一种高规格的祭祀，是印度吠陀时代的一种重要仪式，传统上，通常由国王亲自主持向生主和因陀罗求子的祭祀仪式，仪式长达数月之久。

之后，她又痛陈友邻王的昏庸，希望因陀罗能够振作起来，打败友邻王。此时的因陀罗已经没有了斗志，他只是对妻子说："算了吧！我能怎么办呢？他可是拥有众神的力量啊！"

舍质知道丈夫已经失去了斗志，赶忙告诉他说，毗湿奴大神会为他洗刷掉罪行。因陀罗听说他的罪行可以被洗刷掉，十分高兴，对妻子说："我会去的，我一定能够打败这个可恶的、昏庸的友邻王。现在你要委屈一下，答应友邻王的亲事，并且告诉他，你们的婚车必须是由圣洁的修行者来拉。"

舍质按照因陀罗的话去做，答应友邻王做他的妻子。友邻王高兴万分，根本没想到里面会有圈套。他找来了天界的仙人，让他们做他的车夫，为他唱赞歌。仙人们感觉受到了莫大的屈辱，但慑于友邻王的威逼，一个个都是敢怒而不敢言。

在去往舍质家的路上，仙人们和友邻王发生了争吵。友邻王一脚踢在了阿竭多大仙的头上。这时，梵天的儿子苾力瞿从阿竭多的头里飞了出来。他诅咒友邻王说："你是个魔鬼！你将永远地失去你的力量，你将从宝座上掉下来，变成一条可恶的毒蛇，将会在地面上爬行一千年。你的后代也要因为你的罪行而受苦。一切都无法改变，因为这是我苾力瞿，梵天的儿子对你的诅咒。"话音刚落，友邻王就从宝座上掉了下来，落到人间后，变成了一条蛇。

因陀罗得知这个消息后，返回了天界。他为毗湿奴举行了马祭，使自己从罪行中解脱出来。于是，因陀罗再一次成了天界的领袖，重新成为受人景仰的天帝。

湿婆的妻子萨蒂之死

梵天在造物之初，创造出了世界上第一位女神——莎维德丽。他为了能够欣赏莎维德丽的美貌，居然一口气长出了五个脑袋。

这时，一位天神对梵天如此失态的做法很是气愤，就用剑砍下了他的一个脑袋。梵天虽然因此而清醒，但也开始怨恨这位天神。于是梵天诅咒他，让他永远流浪，同时还要在恶劣的环境中苦修。这位天神，就是三大主神[1]之一，毁灭和再生之神——湿婆。

湿婆，也叫大自在天，据说产生于梵天的额头，是梵天愤怒的产物。"湿婆"的意思是"仁慈"，也是人们对这位天神的希望。

但湿婆性格孤僻、脾气暴躁，和任何人都不能融洽地相处。他不买任何人的账，就连伟大的造物主梵天都要让他三分。

这位可怕的天神也有自己的爱情故事。达刹的女儿萨蒂对湿婆很有好感，一心想嫁他为妻。但是父亲达刹却坚决反对这门亲事，因为他对湿婆没有一丁点儿的好感。为了让女儿打消这个念头，达刹在为萨蒂举行的选婿大会上，没有邀请湿婆。萨蒂看到自己的心上人没来，非常伤心。她不住地祈祷，祈祷湿婆能够出现。

※ 小·讲坛　①三大主神：另外两位主神是创造之神梵天和守护之神毗湿奴。

会上，萨蒂扔出了决定自己命运的花环，所有到场的天神都争相抢夺。这时，湿婆突然出现了，接住了这个花环。此时的达刹尽管心中有万分的不满，但也只能接受这个现实。而讨到老婆的湿婆，也在内心种下了怨恨的种子。

有一次，梵天邀请众神参加祭典。当威风凛凛的达刹走进会场之时，所有的天神都站起来向他致敬，唯独他的女婿——湿婆一动不动。达刹对湿婆无礼傲慢的举动十分生气，认为这是在侮辱他，是在向他的权威挑战，并在心里发誓一定要报仇。

不久，达刹举行了一次盛大的祭典。他邀请了天界所有的神，就连那些平时不被人注意的小神也被列入宾客名单之中。达刹故意没有邀请自己的女婿，那个傲慢无礼的湿婆。

萨蒂知道这件事后，甚是恼火。她跑到会场之中，对父亲做出如此小肚鸡肠①的行为提出严重的抗议。而达刹非但没有后悔，反而借此机会重重地挖苦了湿婆一番。愤怒的萨蒂失去了理智，她在父亲的祭典上，当着众神的面引火自焚。

湿婆得知妻子的死讯后，愤怒至极。他带上自己所有的武器，骑着青色神牛赶到了会场。湿婆的出现让所有的天神都感到了从未有过的恐惧。他们中有神试图劝说湿婆，让他不要在这盛大的祭典上大动干戈②。可被愤怒填满心窍的湿婆已经完全失去了理智，根本听不进任何神的话。他用黑色的神箭射飞了祭品，用三叉戟和木棒打败了所有的天神。最后，湿婆与达刹展开了战斗。

虽然达刹也有无边的法力，但他终究敌不过湿婆。最后，达刹

微词典　①小肚鸡肠：形容气量狭小，只计较小事，不顾大局。
　　②大动干戈：原指发动战争，现多比喻兴师动众或大张声势地做事。

的脑袋被愤怒的湿婆砍了下来。这时，守护之神毗湿奴出现了。他劝湿婆就此收手，不要因为妻子的死而毁灭整个天界。湿婆根本不理会毗湿奴的话，拿起他的神剑迎战毗湿奴。就在他们两个打得难解难分之时，伟大的造物主梵天出现了。在梵天的一再劝说下，湿婆总算罢手，不再搅闹这可怜的祭典了。

但是，梵天的话并没有使湿婆从失去爱妻的痛苦中清醒过来。他从火堆中拿出了萨蒂的尸体，悲伤地呼唤着她的名字，然后带着他妻子的身体在人世间流浪了七年。

后来，梵天和毗湿奴觉得这样下去也不是办法，于是下令让天界的神仙和阿修罗们都要向湿婆献祭，要永远歌颂和称赞这位毁灭之神。同时，萨蒂的尸体被分割成五十块散落到人间。凡是落有萨蒂尸体的地方，都将会成为圣地，人们每年都要在那里举行盛大的祭典。

杜尔迦大战牛魔王

在每年公历的九月至十月之间，印度的很多地区，特别是印度东部的孟加拉地区都会庆祝一个盛大的节日——杜尔迦节，以此来纪念伟大的杜尔迦女神。

那么，这位杜尔迦女神到底是谁？与她相关的神话传说又是什么？人们为什么会对她如此崇拜？

天帝因陀罗虽然带领着天界的众神将阿修罗们打败，夺回了宇宙的统治权，但是并没有消灭他们。阿修罗们游荡在人间和地下，不甘心失败。他们很有耐心，可以一直等待。只要稍有机会，他们就会联合起来，向天界发起可怕的夺权斗争。

有一次，阿修罗们有了一个新的首领，一位伟大的英雄，至少所有的阿修罗都是这么认为的。他骁勇善战，法力无边，可以变成一头健壮的水牛，因此有人也把他称为牛魔王。牛魔王带领着阿修罗们，把天界的众神打得四散奔逃。最后，连天帝因陀罗都被赶下了宝座，拱手将三界的统治权让给了牛魔王。

天界的众神不得不像以前那些被他们打败的阿修罗们一样，在人间和地下不停地游荡，没有一处安身之地。过惯了安乐生活的天神们再也忍受不了了，他们一起来到了梵天、毗湿奴和湿婆这三大

主神面前，哭诉这段时间所受的痛苦，恳求他们铲除这些可恶的阿修罗。

在造物主梵天心中，所有的阿修罗和天神一样，都是他的子孙后代。因此，梵天对天神们的请求并没有表态。但是，守护之神毗湿奴和毁灭之神湿婆却是气愤至极。他们不能宽恕阿修罗们如此狂妄的行为。毗湿奴和湿婆的眉毛被怒气冲得竖了起来，一股神火自他们口中喷出。天神们见状，也学着两位大神的样子从口中喷出了神火。

这些神火中充满了天神们的怒气，聚结了他们的怨恨之情。当所有的神火聚在一起时，变成了一座燃烧的火焰山，照耀着整个宇宙。然后，从那炙热耀眼的神火中，诞生出了一位美丽勇敢的女神，那就是湿婆大神妻子的转世、拥有无边法力的以降妖除魔为己任的女神——杜尔迦。

天神们看到了杜尔迦的出世，高兴得欢呼起来。因

为他们知道，这个在所有天神怒气中产生的女神，一定可以打败那个可恶的牛魔王。于是，他们纷纷向女神进献兵器，希望能为女神的强大贡献一份力量。

湿婆大神将自己的兵器三叉戟送给了杜尔迦，毗湿奴大神则将自己的神盘送给了她。其他天神也纷纷献宝，天帝因陀罗把自己的武器金刚杵以及战象爱罗婆多脖子上的神钟给了她，海神婆楼那将自己的神螺作为礼物送给了她。杜尔迦觉得仅仅有两只手拿不了这么多的武器，就又变出了八只手臂，来接受天神们的兵器。最后，喜马拉雅神送给了杜尔迦一匹坐骑，一头勇猛非凡的雄狮。杜尔迦女神拿着众神的兵器，背负着众神的使命，骑着雄狮，带领着神军，来到了牛魔王的城堡。

牛魔王正和阿修罗们商量如何把天神们彻底消灭干净。忽然有人来报，说是城堡外来了大批的神军，为首的是一个从未见过的女神。牛魔王感觉事态严重，因为那些被他打败的天神们是没有胆量到这里来讨敌骂阵的。他赶忙拿起武器，出城迎敌。

牛魔王看到了威风凛凛的杜尔迦女神，心中不免产生了一丝恐惧。但这种恐惧感很快就消失了，因为他觉得所有的天神都打不过他，包括眼前的这个女人。他变成一头足以让在场的天神都闻风丧胆①的水牛，咆哮着朝杜尔迦冲了过去。

女神见牛魔王来势凶猛，催动雄狮闪在一旁。她找准机会，掏出了一个名叫巴希①的法宝，将他牢牢套住。牛魔王愤怒了，他喘着粗气，用巨大的蹄子在地上刨着，嘴中的咆哮声更加巨大。他不

微词典　①闻风丧胆：听到一点儿风声就吓破了胆，形容对某种力量极端恐惧。

小讲坛　①巴希：一种具有法力的绳索。

035

断地挣扎，希望能够从巴希中解脱。但是，不管他怎么挣扎，都没能挣断绳索。牛魔王见势不妙，马上变成了一头狮子，咬断了绳索。

女神见状，拿起了湿婆的三叉戟向他砍去。牛魔王变回人形，手拿利剑迎战杜尔迦。杜尔迦不想和他短兵相接，就放出万只神箭，直刺牛魔王的各个要害。牛魔王马上又变成一头大象，以粗厚的象皮抵挡住了神箭。女神这时又拿出神剑，直冲大象的鼻子砍过来。牛魔王不敢怠慢，马上又变回水牛。

牛魔王的行为激怒了杜尔迦女神。她挥动着所有的武器，迅速地朝水牛冲去，牛魔王被她的举动吓呆了。女神抓住这个机会，举起三叉戟，直插入水牛的肋下。

就这样，那位英雄一命呜呼了。众神欢呼雀跃，冲进了阿修罗城堡，把那帮可恶的阿修罗们再一次打入了凡间。

战斗结束了，不管是天界的众神还是世间的凡人，都对杜尔迦女神顶礼膜拜。众神祈求杜尔迦能够在他们遭遇灾难的时候帮助他们。杜尔迦爽快地答应了。从那以后，人们就开始庆祝杜尔迦节。

般度五子的故事

　　恒河女神为了解救被极裕仙人诅咒的八位神仙兄弟下凡到人间，嫁给俱卢王的后裔福身王为妻。婚前，女神和福身王定下誓约，不许他询问自己的身世，不许他干涉自己所做的任何事情。陷入爱河的福身王答应了恒河女神的要求。

　　在婚后的七年里，女神按照与神仙八兄弟的约定，将自己所生的前七个儿子全部扔进恒河里面淹死。到了第八年，当她正要把最后一个孩子扔进恒河时，福身王出面阻止了。女神对福身王违背誓言的行为很是生气，告诉了他自己这么做的原因，然后愤然离去。福身王非常后悔，就把第八个儿子立为王子。

　　后来，福身王爱上了渔夫的女儿贞信，希望能够娶她为妻。但是，渔夫表示，除非贞信的孩子能够继承王位，否则绝不答应这桩婚事。福身王为此十分懊恼。为了能让父亲开心，王子毅然放弃了自己的继承权，并发誓永不争夺王位。同时，他还将自己的名字改为毗湿摩[1]。就这样，贞信成了福身王的第二任王后。

　　婚后，贞信为福身王生了两个儿子，大儿子名叫花钏，小儿子

※ 小讲坛　①毗湿摩：意为恐怖的誓言。

名叫奇武。但是，这两个人命浅福薄，在福身王死后不久，他们也相继去世。贞信为整个国家考虑，希望毗湿摩能够继承王位。但是毗湿摩却坚守自己的诺言，誓死不登基。没办法，贞信只得请来了广博仙人，让他与儿子的两个王后结合。

广博仙人面貌十分丑陋。大王后在与他同房时不敢睁眼，生下了瞎眼的孩子名叫持国；二王后则因为害怕广博仙人的容貌，生下了面色苍白的孩子，名叫般度。后来，持国生下了以难敌为首的一百个儿子，被人们称为"持国百子"；而般度因为得罪仙人而受到诅咒，所以没办法与妻子生下孩子。

后来，般度的妻子使用了仙人赐给她的求子咒，为般度生下了五个儿子。他们分别是：正法之神阎摩的儿子坚战、风神伐由的儿子怖军、天帝因陀罗的儿子阿周那以及双马童的儿子无种和偕天。这五个孩子被人们称为"般度五子"。

古往今来，不管是在哪个国家，王权的争斗都是最为惨烈的，也是最为恐怖的。持国百子和般度五子从记事开始，就从没有停止过争斗。由于以难敌为首的持国百子人多势众，所以在争斗的一开始就占尽了上风。

难敌为了让自己的兄弟独占江山，想尽办法要除掉般度五子。有一次，他命人在城堡的北边建了一座涂满树胶的房子，请般度五子到里面居住。然后，他派人在夜里放起大火，想要烧死五兄弟。幸亏有人早早告诉五兄弟，他们才得以从事先挖好的地道逃出。从那以后，般度五子开始了漫长的流亡生活。

后来，流亡在外的五兄弟听说般遮罗国的木柱王要为他美丽的女儿黑公主选婿。于是，他们乔装成婆罗门来到了那里。经过几轮的较量，般度五子中的阿周那终于赢得了比赛，成了木柱王的女婿。有了强大的般遮罗国做后盾，般度五子的力量很快就强大起来。在大英雄黑天的帮助下，他们所向披靡，消灭了很多邻近的小国，建立了一个强大的帝国。

这时，般度五子觉得是去讨回自己应得东西的时候了。于是，五兄弟向难敌提出要求，让他分一半国土给他们。难敌当然不会同意他们的要求。他让五兄弟和他玩掷骰子，如果他们赢了就把一半国土分给他们，如果输了就要在森林中流放十二年，而且到第十三年还不能被认出来，否则就会再被流放十二年。结果可想而知，在难敌的亲舅舅印度赌博之神沙恭尼的帮助下，难敌赢得了比赛。可怜的般度五子再一次开始了流亡生活。

光阴似箭，十三年转眼就过去了。在这期间，难敌发动所有的力量，找遍全国的各个地方，都没有发现般度五子。到了第十四年，般度五子按照当初的约定来到了皇宫，要求难敌归还他们应得的那一半国土。难敌再一次拒绝了他们的要求，而且还重重地侮辱了他们。般度五子愤怒了，他们知道，要想夺回自己的东西，只能通过一种手段，那就是战争。

印度历史上有名的俱卢之野大战开始了。

战争把人类变成了魔鬼，血腥使人类成为野兽。亲情、友情、爱情，所有一切人类美好的东西都被战争吞噬。这场残酷的战争共持续了十八天，死伤的人数无法用数字计算。难敌失去了自己的九十九个兄弟，还包括自己的祖父毗湿摩；般度五兄弟虽然没有死伤，但也失去了很多爱将。这场**惨绝人寰**①的战争最终以般度五子的胜

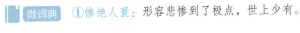
微词典　①惨绝人寰：形容悲惨到了极点，世上少有。

利而告终。

　　失败的难敌成了孤家寡人，求生的本能使他拼命逃亡。但是，杀红了眼的般度五子在后面紧追不舍。难敌在恒河边上的一个池塘里躲了起来。但他受不了五兄弟的挑衅，从池塘里出来了，最终也被杀死。傍晚时分，难敌的儿子马勇带领着残余部队溜进了般度五子军队的帐篷，杀害了所有的将士。在这场最后的浩劫中，只有般度五子、黑公主和黑天逃脱噩运，侥幸活了下来。

　　所有的争斗都结束了，般度五子终于得偿所愿，坚战理所当然地登上了王位。虽然赢得了整个国家，但是般度五子为这场残酷的战争给人民和福身王家族带来的灾难愧疚不已。不久后，坚战将王位传给了后人，和其余兄弟及黑公主来到喜马拉雅山上修行。最后，声名赫赫的般度五子，结束了他们凡世间的生活，升入天国，成为神祇。

大鹏救母

造物主梵天有两个美丽多姿的女儿，姐姐名为迦德卢，妹妹名为毗娜达。梵天把这两姐妹都嫁给了迦叶波仙人。迦叶波十分喜爱这两姐妹，就答应满足她们每个人一个愿望。姐姐迦德卢希望生一千个健康的蛇子，妹妹毗娜达则希望有两个英勇非凡的儿子。迦叶波点点头，称她们的愿望自会得到满足，然后便到山中修炼去了。

没过多久，姐姐迦德卢果然生下了一千个蛇蛋，妹妹毗娜达也产下了两个蛋。又过了很久，蛇蛋中的小蛇破壳而出了，迦德卢终于得到了她的一千个蛇子。可是毗娜达产下的两个蛋却一点儿动静都没有。这可急坏了毗娜达。该不会出什么问题了吧！是不是他们自己没有力量挣脱出来，而需要外力的帮助呢？想到这儿，毗娜达忍不住敲开了其中的一个蛋。这一敲可把毗娜达吓坏了。

在裂开的蛋壳中，一个男孩的上半身已经长好，但下半身却还未成形。此刻，男孩正气愤地瞪着自己的母亲，他恶狠狠地对母亲说："母亲哪，你怎么可以因为自己的一时贪心而使我陷入永远的痛苦之中。我变成这个样子，完全是你的错，为此你要付出代价，受到惩罚。你将会成为迦德卢的奴隶达五百年之久，直到你的另一个儿子来拯救你。不过你一定要吸取教训，千万不要再敲开另一个蛋壳，否则他也将和我一样，而你所受的苦难必然会加倍，到时也无人再去解救你了。"说完，男孩便消失不见了。

有了这次教训，毗娜达再也不敢去触碰另一个蛋。她耐心地守护着自己的另一个儿子，静静地等待他的出生。一天，迦德卢和毗娜达外出散步，忽然看见一匹白马从她们眼前一闪而过。姐妹俩于是就马的颜色打赌，并约定输的人将成为另一个人的奴隶。毗娜达亲眼看到马是纯白色的，她以为自己这次一定赌赢了。

可她没想到的是，姐姐迦德卢从中做了手脚，让自己的蛇子附在马尾上，使马的尾巴变黑。如此一来，毗娜达自然是赌输了。虽然她看到了附在马尾上的蛇子，可却没有办法否认这一事实。就这样，毗娜达成为了迦德卢的奴隶，受尽了迦德卢的折磨。

时间就这样一天天过去了，毗娜达每天都处在痛苦之中，可她并没有绝望，因为她知道自己尚未出世的儿子将会解救自己。终于，毗娜达盼到了儿子降生的那天。随着蛋壳的破裂，一只大鹏金翅鸟展翅高飞，直冲云霄。见到自己的儿子如此英勇非凡，毗娜达十分高兴，就连自己沦为奴隶的痛苦也霎时减轻了许多。可就在这时，迦德卢命令毗娜达背自己出去游玩，并要求她的儿子背着自己的蛇子。毗娜达不得不照办，大鹏金翅鸟见母亲没有反抗，也只好照办。

一路上，大鹏金翅鸟看到了母亲所受的屈辱，很为母亲不平。在到达目的地后，他不解地问母亲为何要听命于迦德卢。毗娜达将自己与迦德卢打赌以及被其所骗的经过都告诉了儿子。听母亲讲完后，大鹏金翅鸟既悲愤又难过，他决定救母亲脱离苦海。他对着正在玩耍的蛇子们喊道："你们要怎样才肯放过我的母亲？"蛇子们回答："只要你能将众仙人从乳海中搅出的仙露交给我们，你的母亲就可以摆脱她的奴隶地位。"大鹏金翅鸟回头拜别母亲，叫母亲等自己取仙露回来。毗娜达虽然十分担心儿子的安危，但也为他的孝顺而感动。

大鹏金翅鸟在飞往三十三重天的途中遇到了自己的父亲迦叶波仙人，他向父亲讲述了母亲的不幸遭遇，并表明了自己的救母决心，希望父亲为其指一条明路。迦叶波告诉他，前面的河中有一头大象和一只乌龟正在打斗，它们都是受了诅咒的仙人之子。只要你吃掉它们，就可以马上变得无比强大，到时就没有人能阻止你去完成自己的心愿了。大鹏金翅鸟按照父亲的吩咐吃了大象和乌龟，确实觉得浑身热血沸腾，充满了力量，于是一鼓作气飞到了三十三重天。

三界之主天帝因陀罗早就知道大鹏金翅鸟要来劫取仙露，提前做好了周密的布置。可是无论多么勇猛的天神，都不是大鹏金翅鸟的对手。没费多大力气，大鹏金翅鸟就扫清了前进的障碍。天神退去，摆在大鹏金翅鸟面前的是一片熊熊的大火，使得他根本不能靠近。他忙变出八千一百张嘴，到下界吸干河水，终于将这片大火扑灭。大火虽然熄灭了，可一个旋转的飞盘又挡住了大鹏金翅鸟的去路。这个飞盘是众天神的得意之作，专为保护仙露而设。不过神勇的大鹏金翅鸟还是找出了它的破绽，将其击碎。仙露近在眼前了，只是它还有两条巨龙守护着。大鹏金翅鸟抓起一把土撒向两条巨龙的眼睛，趁机撕碎了它们，盗走了仙露。

仙露终于到手了，大鹏金翅鸟现在真想马上飞到母亲身边，使母亲摆脱奴隶的身份。虽然经历了多场厮杀，他也已经口渴了，但他并没有私自品尝仙露。返回的途中，大鹏金翅鸟遇到了大神毗湿奴。大神很欣赏大鹏金翅鸟的真诚和仁孝，主动提出要满足他的一个愿望。而大鹏金翅鸟也决定满足大神的一个心愿作为回报。最后，他们约定由大鹏金翅鸟做大神的坐骑，并以其为旗徽，高踞在大神的上面。

拜别大神之后，大鹏金翅鸟又遇到了前来追赶的天帝因陀罗。天帝因陀罗知道自己并非大鹏金翅鸟的对手，再纠缠也无济于事[1]，倒不如与其结为朋友，恳求其归还仙露。大鹏金翅鸟本就正直，见天帝因陀罗是真心相交，自然愉快地接受了。他告诉天帝因陀罗，自己是因为某种特殊的重要缘由才不得不盗取仙露，但他可以保证绝不让任何人吸吮一口。他会将仙露放在某个地方，让天帝因陀罗伺机取走。天帝因陀罗听后十分感动。

大鹏金翅鸟将仙露放在了拘舍草丛中，告知蛇子们在祈祷沐浴之后便可以享用了，但他的母亲从此刻开始就已经不再是他们的奴隶了。蛇子们见到仙露早已忘乎所以，齐声称他的母亲此后再也不是奴隶了。大鹏金翅鸟成功地救出了母亲。至于那些蛇子们，自然是不可能得到仙露的。当他们赶去吮吸仙露时，却发现仙露已经不见。可他们并不甘心，贪婪地吮吸刚才放置仙露的拘舍草，结果将舌头舔得分叉开裂，成了两条。而天帝因陀罗也在大鹏金翅鸟指定的地点里取回了仙露，回到了三十三重天。

微词典 [1] 无济于事：对事情没有什么帮助，对于解决问题没有什么作用。

扫一扫，查答案

一、选择题。

1. 世界上的第一种物质是（ ）
   A. 土
   B. 水
   C. 火
   D. 木

2. （ ）产生于梵天的心灵。
   A. 摩里质
   B. 安吉罗
   C. 阿底利
   D. 补罗斯底耶

3. （ ）是正义之神达摩和月神苏摩的父亲。
   A. 摩里质
   B. 安吉罗
   C. 阿底利
   D. 补罗斯底耶

4. 达刹和毗里尼的（ ）的儿子，被后世的人们统称为天神。
   A. 女儿底提
   B. 女儿檀奴
   C. 女儿阿底提
   D. 女儿伽德鲁

5. （ ）是雷电之神，也是人类的保护神。
   A. 因陀罗
   B. 梵天
   C. 婆楼那
   D. 苏里耶

6. 被称为毁灭和再生之神的是（ ）
   A. 梵天
   B. 因陀罗
   C. 阿修罗
   D. 湿婆

7. 在印度的很多地区，每年公历的九月至十月之间，都会庆祝一个盛大的节日——杜尔迦节，以此来纪念伟大的（ ）
   A. 杜尔迦女神
   B. 莎维德丽女神
   C. 加耶德丽女神
   D. 月神

二、填空题。

1. ＿＿＿＿＿＿＿创造出了＿＿＿＿＿＿、＿＿＿＿＿＿、＿＿＿＿＿＿、＿＿＿＿＿＿四个方位，然后又确立了＿＿＿＿＿＿＿＿＿＿概念，出现了年、月、日以及时。

2. 产生于梵天的鼻孔的儿子叫＿＿＿＿＿＿＿＿。

3. 天帝因陀罗的武器是一个 ＿＿＿＿＿＿＿＿ ，坐骑是一头 ＿＿＿＿＿＿ 。

4. "湿婆"的意思是" ＿＿＿＿＿＿＿＿ "，也是人们对这位天神的希望。

5. 杜尔迦女神其实是 ＿＿＿＿＿＿＿＿ 妻子的转世。

6. 湿婆的妻子萨蒂的死因是 ＿＿＿＿＿＿＿＿＿＿＿＿＿＿＿ 。

三、判断下列说法是否正确，正确的画"√"，错误的画"×"。

1. 因为陀湿多的儿子背叛了天神，陀湿多为平息天帝因陀罗的怒气，不得不自我流放。于是，他离开了天界，离开了他的妻子，躲在莲藕的藕节中度日。

( )

2. 巨魔底提耶族的母亲是达刹和毗里尼的女儿底提。 ( )

3. 湿婆大神具有毁灭性的无边法力，他能传播可怕的疾病和死亡。 ( )

4. 造物主梵天有两个美丽多姿的女儿，姐姐名为迦德卢，妹妹名为毗娜达。

( )

5. 大鹏金翅鸟的父亲是迦叶波仙人。 ( )

6. 大鹏金翅鸟将仙露放在了拘舍草丛中，让梵天伺机取走。 ( )

7. 在俱卢之野大战中，般度五子取得了胜利，并登上了王位。 ( )

四、简答题。

1. 从《大鹏救母》的故事中，你能体会出大鹏金翅鸟的什么性格特点？

＿＿＿＿＿＿＿＿＿＿＿＿＿＿＿＿＿＿＿＿＿＿＿＿＿＿＿＿＿＿＿＿

＿＿＿＿＿＿＿＿＿＿＿＿＿＿＿＿＿＿＿＿＿＿＿＿＿＿＿＿＿＿＿＿

＿＿＿＿＿＿＿＿＿＿＿＿＿＿＿＿＿＿＿＿＿＿＿＿＿＿＿＿＿＿＿＿

2. 说一说你最喜欢印度神话中的哪个人物或者故事。

＿＿＿＿＿＿＿＿＿＿＿＿＿＿＿＿＿＿＿＿＿＿＿＿＿＿＿＿＿＿＿＿

＿＿＿＿＿＿＿＿＿＿＿＿＿＿＿＿＿＿＿＿＿＿＿＿＿＿＿＿＿＿＿＿

希腊神话

阅读小贴士：

荷马时代的文学经过世世代代人的千锤百炼，是古希腊人民集体的创造、天才的结晶。希腊神话的产生和发展经历了漫长的岁月。它是多种民族的多种思想和多门语言熔炼而成的丰富的文化遗产。希腊神话的核心是以人为本。神话赞美人的美好，痛斥神的邪恶，歌颂劳动，歌颂生活，坚信世人自身的力量。人，就是社会的希望。

宙斯微服私访

奥林匹斯山上的神都喜欢乔装打扮到人间察看，宙斯更是如此。为什么他这么喜爱私访呢？一个很大的原因，是因为他风流成性。私访期间，他可以看到人间那些美丽动人的姑娘。除了这个原因之外，他还要打听凡人们对于他的统治是如何评价的，而且他也可以看一下人类的状况是否还像从前一样对他构成威胁。他出访之时，一般都不是自己一个人，总喜欢带上小儿子赫耳墨斯。为什么只带他呢？理由很简单，他的其他儿子个个脾气暴躁，出门在外只能惹事，而小儿子赫耳墨斯则不同，他本来就是信使之神，有一对飞来飞去的大翅膀，而且性子温和，跟在自己身边，跑跑腿的事交给他去办是再放心不过了。

这一天，宙斯和赫耳墨斯乔装打扮，又来到人间私访。他们两位悠悠荡荡，很快一个大白天过去，夜色来临，他们辛苦了一天，这个时候也该歇息歇息，吃点东西了。这时候，他们来到了一个村子的入口处。宙斯就让赫耳墨斯去叫门。赫耳墨斯跑上前去，敲起了村口第一家人的大门。这一家看起来很富裕，他刚敲门，狗就吠叫起来。他把自己的手都敲疼了，可是那两扇油漆过的大门却关得紧紧的，压根就没有一点儿响动。赫耳墨斯猛然踹了一脚大门。

这一脚下去，门被踹开了。没想到门内站着几个仆人，人人手里拿着一个大棍。门一开，几个恶仆撵了过来，挥棍就打。几条恶狗更是风一样地窜出来，张开大嘴对准他的小腿肚子就咬。赫耳墨斯赶紧跑，连正奇怪这么长时间还没把事情办好的宙斯也慌慌张张地跑起来。

　　两位神跑到了一个树林里。赫耳墨斯揉揉自己额头上的大包，还有腿上的狗牙印子，不由得抱怨起宙斯来："好好的天堂不待，却心血来潮搞什么私访。既然如此，那下次叫门，你自己去敲吧，我再也不干这种无聊的事情了。"宙斯听了抱怨，心里有火，可是他倒要看看这个村庄，是否真的如此不堪教化呢？他决定试验一下。

这次打前站的是宙斯自己。他一敲门，门就开了。可是一看他这副要饭的模样，还没等他张口，人家啪的一声闭上了大门。一路上，宙斯满心怒火，决定要毁灭这个小村子。最后，他们来到一间简陋的小茅屋前。这间小茅屋是这个小村子最后一间他们还没有敲门的房子。这间茅屋里住着鲍西丝和她的老伴费莱蒙，老两口虽一贫如洗[1]，却也乐天知足，与世无争。他们享尽了生活所赋予的一切，并对上天充满了感激之情。当两位神来到他们家时，老两口的态度令他们一时愣住了。与村子里的人完全两样，这对老夫妇满怀喜悦，笑逐颜开。他们将两位神视为稀客，并立刻开始为他们准备晚餐。他们点燃火，摘了一棵白菜，又切下一块贮存很久的咸肥肉，放在火上烤。正当他们准备宰杀仅剩的一只鹅时，客人婉言阻止了他们。餐桌陈旧不堪，到处是修补的痕迹，桌脚还用一块砖头撑着。但对他们来说已是最好的了。饭菜非常普通，有烤肉、葡萄酒、自制奶酪以及多种新鲜水果。老两口笑容可掬、殷勤备至地服侍天神用饭。

两位天神被他们的盛情款待所感动，说明了自己的真实身份。"我们是天神，"宙斯说，"你们将脱离不幸，但你们的邻人们将因他们的邪恶受到惩罚。跟我们走吧！"当他们快到奥林匹斯山顶时，鲍西丝和费莱蒙回头看见整个村庄淹没在一片沼泽之中，而他们的旧茅屋却完好无损，并且变成了一座金碧辉煌的神殿。出于老两口的要求，他们被指派为宙斯所住宫殿的看护者。后来，他们变成了白蜡树和菩提树，并肩站在神殿前。

微词典 ①一贫如洗：形容穷得一无所有，就像被水冲洗过一样。

普罗米修斯造人

在一个晴朗的天气，普罗米修斯来到了蓝天之下、大海中央的大地上。当时，大地上鲜花朵朵，野草丛丛，鱼翔浅底，鸟儿筑巢，万物一派蓬勃，却没有统治地球的人类。普罗米修斯降落到大地上，他是古老的神族的后裔，是地母该亚和被宙斯推翻废黜的乌拉诺斯的后代。

普罗米修斯知道在大地上蕴藏着天神的种子，因此，他来到了河边，抓起一大团泥土，捧水浇在上面，再揉搓几下，泥巴变得软硬适宜。接着，他按照天神的样子用这些泥巴，捏出了很多小泥人。捏完之后，他打量着这些无生命的形体，陷入沉思：怎样才能让他们具有生命呢？

普罗米修斯只见过那些奔跑的动物，因此他摄取了狮子的勇猛、狗的忠诚、马的勤劳、鹰的远见、熊的强壮、鸽子的温顺、狐狸的狡猾、兔子的胆怯和狼的贪婪杂糅混合，一一注入泥人的胸膛。这样一来，泥人便能像动物一样活动了。不过，他们还缺少神的灵气。诸神当中，雅典娜是他的朋友。当她发现普罗米修斯束手无策时，便飞身下来，对着这些泥人吹了一口灵气，于是这些泥人获得了理智，成了真正的人。

第一代人被造出来了，却到处乱跑。世上的一切，激起了他们的好奇，却引不出他们的思考。他们根本不知道怎么使用天神赐给他们的这一切。他们有眼睛，却不知道用来看东西；他们有耳朵，却什么都听不见。他们住在洞穴里懵懂无知，就像梦中的幽灵一般。星辰的运行让他们茫然，四季的划分他们不会利用，既不知道制造工具，也不懂得伐木建房。

还好有伟大的普罗米修斯，他当了第一代人类的老师，教他们计数写字、观察星象、建房耕田、创造艺术。他还教会了人们驯化动物、驯养牲口，教他们把骏马套上缰绳，成为在陆地上代步的工具。他还发明了帆和船，用于在海上捕鱼航行。总之，凡是对人类有用的，能够使人类满意和幸福的，他都教给他们。

在普罗米修斯的教育之下，人类变得聪明智慧，这引起了奥林匹斯山上天神宙斯和诸神的注意。于是，诸神要求人类敬奉天神，服从神祇；而作为交换，诸神可以保护人类，赐福他们。

不过，宙斯非常狡猾，他在赐福人类的同时，有所保留。他这么做，原因很简单：他不满普罗米修斯，怀疑他造人是为了和自己作对。同时，他又害怕人类强大起来，无法控制。后来，诸神和凡人的代表在希腊聚会，商议确定诸神和人类的权利和义务。普罗米修斯作为维护人类利益的代表出席了聚会，他希望诸神不要因为凡人是自己创造的而为难人类，提出太苛刻的条件。

在聚会上，凡人需要先向众神献祭，这让刚刚开始耕种放牧的人类苦不堪言。他们希望减少供神的祭品，这个时候，普罗米修斯发挥出他作为提坦神[1]的智慧了。他以人类的名义宰杀了一头公牛，

☀ 小讲坛　①提坦神：希腊神话中曾统治世界的古老的神族。

分成碎块摆成两堆，然后找到宙斯，请宙斯选择人类应该把哪一堆献给神祇，哪一堆留给自己。其实，这两堆中一堆全是好吃的牛肉，只是上面盖着牛皮和牛骨；而另一堆则全是牛骨头，只是上面浇上了烧过的牛油，冷却之后把里面的骨头包裹起来了，看起来又饱满又有光泽，分外诱人。宙斯果然上当，选择了第二堆。可是当他和众神揭开那板结的牛油之后，却发现那里面全是骨头，一点肉都没有。宙斯明白了过来，愤怒地对普罗米修斯说："提坦巨人的儿子呀，仁慈的朋友，你的分配好公平啊！"

为了报复欺骗众神的普罗米修斯，宙斯拒绝给予人类他们最需要的东西——火。没有火烤食物，人类只好吃生的东西；没有火来照明，在无边的黑暗中，人类度过了一个又一个漫长的夜晚。

看到自己创造的人生活得如此痛苦，普罗米修斯非常难受。他决定盗取天火，为人类所用。显然，宙斯也意识到了这一点，就派人看守天火。普罗米修斯对此无能为力，非常焦虑。他的弟弟厄庇修斯知道情况以后，轻轻一笑，说："哥哥，盗取点天火有什么困难的。你过来，让我告诉你怎么办。"普罗米修斯听了弟弟的话后，不由高兴地拍了拍弟弟的头，夸赞了一番。他折下一根长长的茴香枝，带着它来到天上。当太阳神驾驶烈焰熊熊的太阳车从空中经过时，普罗米修斯把茴香枝伸到火焰里引着，然后举着燃烧的火种迅速降落到大地上。在那里，他用火种点燃了第一堆木柴，大火燃烧起来，火光直冲云霄。

宙斯大怒，将普罗米修斯交给赫菲斯托斯和他的两个仆人。他们把他带到高加索山，用一条永远也挣不断的铁链牢牢地把他缚在一个陡峭的悬崖上。为了惩罚普罗米修斯，宙斯还派出神鹰每天啄

食他的肝脏，但这些被吃掉的肝脏随即又会长出来。这样，日复一日，年复一年，普罗米修斯垂吊在陡崖上，身体不能入睡，双膝不能弯曲，忍受着饥渴、炎热、寒冷，还有神鹰啄食肝脏之苦。可是为了人类，普罗米修斯忍受着难以描述的痛苦和折磨，不向宙斯屈服。这种折磨，一忍就是三十年。

潘多拉的盒子

普罗米修斯盗取天火送给人类，这对宙斯来说绝对是个冒犯。他饱受痛苦，却不服输，更让宙斯恼火，宙斯满腔郁闷需要发泄。追根溯源，整个事情的起因不都是那个冒失鬼厄庇修斯吗？于是，奥林匹斯山上的最高统治者迁怒于他，决定用他来惩罚人类。

宙斯把决定告诉了众神。众神在奥林匹斯山上开了会，然后，他们想出了一个绝妙的办法来对付普罗米修斯的弟弟厄庇修斯和普罗米修斯所创造的人类。火神与工匠之神赫菲斯托斯拥有无与伦比的超人工艺，他把泥土和水混合起来，照着女神们的样子为宙斯赶制了一位美貌绝顶的迷人少女。然后，宙斯又命诸神赋予这个少女各种各样的装饰和天赋：雅典娜本来是普罗米修斯的朋友，现在一半是出于对父亲宙斯的服从，一半是出于对普罗米修斯的不满，为少女披上了一件闪光的白色长裙，蒙上了一面漂亮的面纱，又给她戴上了华美的花环与金项链；赫菲斯托斯为了取悦于父亲，还在雅典娜赠送的金项链上装饰了各种动物造型；阿波罗赐给她婉转如夜莺的歌喉；爱与美的女神阿佛洛狄忒又赐给了少女种种迷人的神态；赫耳墨斯教授了她人间的语言。最后，众神给她起名为“潘多拉”，意思是“有一切天赋的女人”。然后，宙斯让赫耳墨斯把她带到了人间，他得意地说："让厄庇修斯尝试一下潘多拉的魅力吧，她可是诸神送给他和人间的礼物。"

赫耳墨斯把绝美的少女带到了厄庇修斯面前，说这是天神宙斯许配给他的妻子。厄庇修斯一下子被潘多拉迷住了，但是又隐隐地有些担心，于是就前往高加索山，征求被链条锁住的哥哥普罗米修斯的意见。

"你要当心，"普罗米修斯对他说，"众神对你这么关怀，肯定不是好事。"

然而，厄庇修斯这个糊涂蛋嘴上答应，但并未真正听进哥哥的警告。他一见美丽的潘多拉就心花怒放，魂不守舍。哥哥的警告，早就抛到了九霄云外。他对潘多拉一见钟情，迫不及待地答应要娶她为妻。

出嫁之前，宙斯把一只精工制作的镶嵌着珍珠的盒子送给了潘多拉。"你永远也不要把它打开，"宙斯对她说，"如果你不听话，你会后悔莫及的。"其实，宙斯的用心十分恶毒。因为，他十分清楚，在众神把各种天赋赐给潘多拉时，也给了她一个致命的缺点：好奇心强。他知道自己越是这么叮嘱，潘多拉就越有可能打开盒子。

潘多拉嫁给了厄庇修斯，两个人过了一段幸福美好的日子，可是漂亮迷人的潘多拉却总是被一件事折磨着，那就是婚前宙斯送给她的那个盒子。一有时间，她就会像小猫围着鱼盘一样在盒子周围转来转去。里面到底装有什么首饰？为什么会让自己后悔？她一次次冲动地要打开，但她想到宙斯的嘱咐，又掐了掐胳膊，忍住了。不过，她总是惦记着这个盒子，吃不好饭，睡不好觉。她时时想着它，夜里做梦也梦见它。她的身体消瘦，脸色憔悴，好奇心苦苦地折磨着她。

厄庇修斯发现了爱妻心中有事，就一再地追问她究竟发生了什么，竟然会憔悴成这个样子。潘多拉把宙斯送给她一个盒子的事情告诉了丈夫。厄庇修斯一听，终于明白了为什么自己心中一直隐隐地不安。他立即猜到了诸神的意图，非常后悔娶了潘多拉做妻子。他立即很严肃地嘱咐妻子一定不要打开那个盒子，因为那个盒子是不祥的，将会给他们夫妻俩和整个人类世界带来巨大的灾难。听完丈夫的警告，潘多拉的好奇心被压抑了一段时间。可是慢慢地，那被压抑的好奇心又起来了，并且比以前更加强烈。以后，厄庇修斯每次出门前都会叮嘱妻子不要碰那只盒子，可是他不知道，自己的每一次叮嘱都会让妻子的好奇心进一步增加。很快，潘多拉的整个心都被那只镶嵌着珍珠的盒子占满了。除了这只盒子，她的心里不再有任何东西，没有丈夫，也没有自己，更何况是与自己不相干的普罗米修斯创造的人类。

终于有一天，潘多拉实在忍不住了，她感觉自己如果再不打开那只盒子就要疯了。于是，她三步并作两步来到卧室，取出了那只盒子。端详了一会儿之后，她猛地把盒子的盖子揭开了。正当潘多拉想仔细看一下盒子里到底有什么精美的礼物时，盒子里升腾起一股难闻的黑烟，迅速地飞舞升腾。很快，黑烟就如乌云般布满了整个天空。阴险的众神藏在盒子里的瘟疫、疾病、癫狂、战争、灾难、罪恶、嫉妒、奸淫、偷窃、贪婪等各种灾祸也伴随着黑烟立即飞了出来，迅速散布到整个人间。惊慌失措的潘多拉一看这种情形，知道大事不妙了，赶紧关上了盒子的盖子。可是，她不知道，她关在盒子里的是众神给人间的最后一样东西：希望。

从此以后，各种各样的疾病和灾害，不分昼夜地在大地上徘徊。它们无比猖獗却又悄然而至，不容易引起人们的注意，因为宙斯没有赋予它们声音。厄庇修斯陷入了深深的懊悔之中，他痛恨自己给哥哥普罗米修斯所创造和爱护的人类带来了这么大的灾难。而普罗米修斯，这位人类的救助者和医生，看到人们遭受灾害的袭击，忍受疾病的折磨而死亡，伤心得几乎晕过去。

唯一令普罗米修斯欣慰的是，被关在盒子里的希望还留在人间。也就是因为这一点希望，人类在这么多的灾祸中延续了下来。希望成了彼岸的灯塔，照耀着人们生活的路，让人们懂得了坚持，一直到现在。

驾太阳车的法厄同

　　太阳神的宫殿是用华丽的大石柱支撑着建造起来的。它们闪耀着黄金般的色泽和宝石般的光芒。宫墙的上方镶嵌着雪白铮亮的象牙，两扇银质的大门上雕刻着美丽的花纹和人像，记载着人间无数美好而又古老的传说。一天，太阳神赫利俄斯的儿子法厄同大步跨进宫殿，要求与父亲谈话。他跟父亲保持着一段距离，因为父亲身上散发着炙人的热光，靠近以后炙烤得让人忍受不住。

　　赫利俄斯身穿古铜色的衣服。他坐在国王般的宝座上，座上装饰着耀眼的绿宝石，座前站立着他的文武随从，分左右两行。他们是：日神、月神、年神、世纪神、时序女神、时光女神等组成一行；而春、夏、秋、冬四大季节神组成第二行。只见春神花枝招展，颈脖间围着鲜花项链；夏神目光炯炯，披着金黄的麦穗衣裳；秋神仪态万千，手上捧着芬芳诱人的葡萄；冬神寒光逼人，雪花一般的白发显示了无限的智慧。赫利俄斯端端正正地坐在他们中间。他正要抬头说话，突然看到儿子来了。儿子也为这天地间稀罕的威武仪仗万分惊讶。

　　"什么风把你吹来父亲的宫殿，我的孩子？"他友好地问道。

　　"尊敬的父亲，"儿子法厄同回答，"凡间有人嘲笑我。他们谩骂我的母亲克吕墨涅。他们说我的天堂出身是谎话，说我是杂种，说我的父亲是不知名和姓的野男人。我因此跑来，希望父亲给我一个凭证，让我在全世界能够出示它，从而表明我是你的儿子。"

听完这番话，赫利俄斯按下头间的万丈光芒，命令年轻的儿子走上前来，靠近着说话。他拥抱着儿子，说："我的孩子，我永远也不会否认你，不管在什么地方。你是为了消除怀疑，才向我要求一份礼物的。我对着冥河发誓，一定满足你的愿望！"

法厄同没有等到父亲说完，接过话头便说："那么请首先满足我最最渴望的要求：给我一天时间，让我独自驾驶你的那辆带翼的阳光金车！"

太阳神感到一阵惊恐，脸上流露出十分后悔的神色。他一连摇了三四回头，终于忍不住喊叫起来："哦，我的孩子，我如果能够收回诺言，那该多么好哇！你的要求远远超出了你自己的力量。你还年轻，而且又是凡胎！没有一个神敢像你这样提出如此大胆的要求。因为除了我以外，他们中间还没有哪个能够站在喷吐火焰的车轴上。我的金车经过的道路十分陡峭。马儿们拉动金车必须历经艰难困苦才能踏上早晨的旅程。旅程的中点是在高高的天空上。当我站在金车上到达如此高的顶点时，请相信我吧，我真的头昏眼花。只要我低头往下面深处张望一下，看到辽阔的大地和海洋在我的眼前无边无际地展开，我就会吓得腿肚子都有点儿打战。过了中点以后，行驶的道路又开始大幅度地往下倾斜。这时候，我必须稳稳地抓住缰绳，安全地驾驶。即使是每回都愉快地接纳我的海洋女神也常常担心，生怕我一不注意便会摔下万丈深渊。你只要想一下，天空在不断地迅速转动，我必须奋力保持着与它平行逆转。因此，就是我把金车借给你，你又如何驾驶得了它？我的可爱的儿子，收回你的愿望吧，趁着现在还来得及。你可以从天地间一切财富中重新挑选一个要求。我凭着冥河起誓，你什么都能得到！"

可是年轻人坚持自己的愿望，而赫利俄斯又立过神圣的誓愿，怎么办呢？他无可奈何地牵过儿子的手，两人一起朝太阳金车走去。这里的车轴、车辕和车轮全都是黄金制成的。车轮上的辐条是用白银制作的，车轭具上嵌着晶莹闪亮的宝石。法厄同对神奇的太阳金车赞叹不已。不知不觉地，天已破晓，东方露出了一抹朝霞。星星一颗颗地隐落下去，月亮的弯角也消失在西方的天边上。

赫利俄斯对时序女神一声命令，让她们迅速套马。女神们从豪华的秣槽旁牵过喷吐火焰的骏马，秣槽里堆着长生不老的神马的饲料。大家一阵忙碌，将漂亮的鞍具给马套上，父亲却在一旁用圣膏涂抹儿子的面颊。否则，他无法忍受熊熊燃烧的火焰。他把光芒万丈的太阳帽戴到儿子的头上，止不住叹息一声，警告说："孩子，千万要爱惜耀眼的光刺，紧紧地抓住缰绳。骏马识途，它们是自由奔驰的，很难控制并且驾驶它们。你不能过分地弯下腰去，否则，地面会烈陷腾腾，甚至会火光冲天。可是你也不能站得太高，当心别把天空烧焦了。上去吧，黎明前的黑暗已经过去，抓住缰绳吧！或者——现在还有一丁点儿时间，你可以重新考虑一下，把金车交给我，让我去给世界送光明，而你留在这里静坐观看！"

年轻人好像没有听到父亲的讲话，嗖的一声跳上金车，满怀喜悦地抓住缰绳，朝着忧心忡忡的父亲点点头，表示由衷的感谢。

四匹双翼的骏马嘶鸣着，火花充满了空间。马蹄踩动，法厄同让马儿拉着车杆，即将起程了。外祖母忒堤斯走上前来。她不知道外孙法厄同的命运，亲自给他打开两扇大门。世界蓦地展现在年轻人的眼前，无边无际。骏马沿着轨道飞速往前，奋勇地撕开了额前

的晨雾。

　　骏马们似乎感到今天驮在背上的是另外一个人，觉得套在颈间的轭具比平日里轻松了许多。如同一艘载重过轻的大船会在海上前后晃动一样，太阳金车也在空中不断跳跃，左右摇摆，好像是一辆空车。后来，套车的骏马终于明白了今天的特殊情况。它们离开了平常的轨道，任意地奔跑起来。法厄同上下颠簸，失去了主张，不知道如何抓紧缰绳，也找不到原来的道路，更没有办法驯服这匹撒野的骏马。

　　当这位不幸的年轻人偶尔朝下张望，看到下面诸多

的国家和大片土地时，他紧张得面如土色，膝盖也开始抖起来。他回过头去，看到自己已经走了很长一段路程。可是面前的路更长。他手足无措，不知道怎么办才好，只是慌张而又直瞪瞪地看着远方，双手抓住缰绳，既不敢放松，也不敢过分拉紧。他想吆喝骏马，却连一匹马的名字也叫不上。惊慌之余，他看到空中星星呈现荒诞而又可怕的景象。他不禁倒抽一口冷气，不由自主地松开了手中的缰绳。

骏马拉动太阳金车越过了天空的最高点，开始往下滑行了。它们欢乐得干脆离开了轨道，漫无边际地溜入了陌生的空中地盘，一会儿高，一会儿低，完全没有目标。有一回，它们已经触摸到了天上的恒星，然后又随着纵横于四面八方的阡陌小道坠入邻近地面的半空。它们踏上了第一层云彩，云彩被烤得直冒白烟。后来，马儿又不经意地拉着金车几乎撞在一座高高的山顶上。

大地受尽了折磨。酷热难熬，地面龟裂，大地上的各种水分全都烤干了。田野里差一点儿冒出了枯焦的火花，草原上一片干枯，森林里频频起火。一会儿，大火又滚动着来到广阔无垠的平原。庄稼地犹如一片沙漠。多少城市在烈火中变成灰烬，农村和农民们早被烧成焦土灰烬。丘陵、树木，甚至光秃秃的山石上到处都是烈焰腾腾。

汹涌的大河翻滚着沸腾的热水，可怕地溯流而上，朝着源泉席卷而去。大海在急剧地收缩。从前是湖泊的地方，现在成了一块块干巴巴的泥沙地。

法厄同看到地面各处都在冒火，热浪滚滚，直冲九霄云天，他自己也快要忍受不住了。法厄同呼吸的空气似乎是从大烟囱底里冒出来的一样，又烫又呛。他感到脚下的金车好像一座燃烧的火炉。浓烟、蒸汽和从地面上爆裂开来的灰石从四面八方裹挟着他。法厄同支撑不住了，骏马和金车完全失去了控制。

烈焰在狂乱地跳跃，最后烧着了法厄同身上的毛发。他一头扑倒，被摔出豪华的太阳金车。可怜的法厄同浑身上下都在燃烧着，在空中随风飘荡。最后，他的故乡，宽阔的急流埃利达努斯接纳了他的遗体。

赫利俄斯把这一切都看在眼里。他抱住头，深深地陷于无限的悲哀之中。

水泉女神那伊阿得斯同情这位遭难的年轻人，动手埋葬了法厄同。可怜他的尸体被烧得残缺不全。绝望的母亲克吕墨涅与她的女儿赫利阿得斯抱头痛哭。她们一连哭了四个月，直到哭得变成了白杨树，她们的眼泪成了晶莹的琥珀，实在哭不出声了，才勉强打住。

迈达斯的金手指与驴耳朵

弗利基亚人要选举新的国王。为了挑选一个合适的国王掌管国家大事，他们进行了热烈的讨论。人选有三个，但是讨论来讨论去，谁都没有说服其余两方。没有法子了，他们只能求助于本国的大法师。法师卜了一卦，然后摇了摇头，争论的三方大为紧张。正在他们不明所以的时候，法师不紧不慢地开口了："如果你们想要遵循神示的话，那么你们都要失望了。将来的国王并不是你们提名的三个人。神示明明白白地显示：你们未来的国王正坐着牛车向这边走来。"

这一消息马上就在城里传开了。弗利基亚人四处搜寻，就看见广场上冒出了一辆破破烂烂的牛车。贫苦农民戈尔迪雅斯和家人坐在牛车上。于是，戈尔迪雅斯受到了热烈欢迎，并立即被拥立为弗利基亚国王。

戈尔迪雅斯是个聪明能干的国王。他去世后，他的儿子迈达斯继承了王位，统治弗利基亚。但是，迈达斯远远不如其父精明能干。一天，吕迪亚有几位农民无意中发现西勒诺斯醉倒在河边。西勒诺斯是牧神潘的儿子，又是酒神狄俄尼索斯的师傅。西勒诺斯长着马儿一样的塌鼻子，耳朵竖直，屁股也是直撅撅的。他因常去天神宙斯的葡萄园而闻名，被看作是一个先知。

农民们很高兴发现西勒诺斯，并把他五花大绑捆起来。然后，兴高采烈地把他押送到国王面前。

"真是意想不到的事呀，太好了！"国王高兴得叫起来，"我早就希望见到被人们称为掌握智慧钥匙的人了。"

"迈达斯，你想要智慧的钥匙？"醉醺醺的西勒诺斯问。

"是的。据说你掌握了人类生活的秘密。"

"什么！你想了解人类生活的秘密吗？"西勒诺斯带着讥讽的微笑说。

"西勒诺斯，"迈达斯惊奇地大叫了起来，"那还用说！"

"那么，你想了解人类一般的生活秘密还是你个人的生活秘密？"

不学无术而又妄自尊大的迈达斯立即回答："当然啦，最使我感兴趣的，是我个人生活的秘密。"

"好，那你就听着！这个秘密就是：对你这样一个人，最好不要出生，如果已经出生了，最好尽快离开人间……"

迈达斯考虑了一阵，才明白西勒诺斯的意思，他恼羞成怒，满脸通红："你这个无耻之徒，快给我滚蛋！伙计们，把这个醉鬼带走，把他送回酒神那里去。我这里不需要他那样的智慧。"

农夫们暗自高兴，把俘虏带走后，把他交给了狄俄尼素斯。

西勒诺斯失踪后，酒神非常不安，四处寻找。如今听说迈达斯国王下令把他的师傅释放了，就打算重赏迈达斯。

酒神穿云破雾，来到了迈达斯国王的宫殿，对迈达斯说："你对西勒诺斯很慷慨，我也要对你慷慨。你有什么愿望告诉我，我一定让你如愿以偿。"

迈达斯是如何把西勒诺斯打发走的，自然心里明白。现在，狄俄尼素斯却表示要帮助他，他大为诧异。可是好事临头，也没必要故作清高去推却。他没有多问，只想着如何利用这个机会。考虑很久以后，他说："这样吧，狄俄尼素斯，我想学点石成金的法术。凡是我摸过的东西都能变成金子。"

　　酒神盯着迈达斯，既鄙视又可怜他。

　　"好吧，我答应你的要求。但是，你要知道，你真是个蠢东西。"

　　说完以后，酒神就腾云而去。

　　迈达斯非常兴奋。他摸了一下他那把铜剑，铜剑立刻变成金的。他又摸了一下卧室里的毛毯，毛毯也变成了金丝毛毯。他再摸一下餐桌，餐桌也立即闪闪发光，变成了一张大金桌。他摸了一下他的椅子和餐盘，这些东西都立即变成金子……不幸的是，仆人端来的羊腿和杯里斟的美酒，他一摸也立即变成金子。这样，迈达斯只好忍饥挨饿了。

　　几天过去了。迈达斯摸过的东西都变成了金子，他周围的一切都变成了金子。可他却没有什么可以吃喝，他啃不动金子。可怜的国王眼看身体就要垮下去了。现在他终于明白了酒神的话，他后悔了，意识到自己干了一件非常愚蠢的事。

　　最后，他实在饥渴得无法忍受了。他只好谦恭地请求酒神收回原先送给他的赠品。

　　"那我就把它收回了，"酒神说，"但是，你荒谬的贪婪应该受到惩罚。你现在先到帕克多尔河洗个澡吧！"

　　迈达斯按酒神的吩咐，到了帕克多尔河边，跳进去洗了个澡。自从那时起，帕克多尔河里的沙子就充满细细的金沙。当他回到河岸时，他意识到，他那点石成金的法术已经失去。这时，耳朵有点儿发痒，他用手摸了一下。谁知两只耳朵马上变得又长又大，长得让他不安。他往河水里一看，吓坏了，发现发怒的酒神竟然让他的耳朵变成了驴耳。

为了不让别人知道自己长了一对奇丑的驴耳，迈达斯总是避开随从，独自洗澡。他长期戴一顶弗利基亚帽子，盖住他那长长的耳朵。

可是，他每次理发都得脱下帽子，理发师自然看得清楚。

"如果你敢告诉别人，说我有两只驴耳朵，我就砍掉你的脑袋。"迈达斯威胁说。可怜的理发师被吓得脸色发青，他赌咒发誓说自己绝对不会声张。

但是，不让一个理发师说闲话，还不如杀了他。这位理发师不知多少次把到了嘴边的话又咽回去。他想到如果讲出国王的丑闻，就会被杀头，只好竭力克制自己，不把这个秘密讲出去。

理发师把这个重大秘密埋在心里太久了，他慢慢地感到难以忍受。一天，他实在憋不住了，就跑到田里挖了一个深洞，对着洞口大声喊："迈达斯，国王迈达斯长着一对驴耳朵。"他说完以后，心里轻快多了，便用泥土把洞口封了起来。

迈达斯的丑闻还是传了出来。并不是有人听见，而是因为洞口边长出的一丛繁茂的芦苇。每当有风吹过，被吹动的芦苇就发出声音："迈达斯，国王迈达斯长着一对驴耳朵。"

赫斯珀里得斯的金苹果①

　　宙斯跟赫拉结婚时非常隆重，各位神都给他们送上新婚的礼物。大地之母该亚自然不甘落后，她从西海岸带来了一棵茂密的大树，树上结满了金苹果。天后赫拉把金苹果树种在一个神圣园地里。看守这一神圣园地的是四位年轻的姑娘，她们是夜神的女儿，名叫赫斯珀里得斯。此外，树旁还有一条百头巨龙，名叫拉冬，是福耳库斯和刻托的后代。福耳库斯是许多妖孽的父亲，刻托是地母该亚的女儿。百头巨龙从来不会睡觉，它走动的时候，一路上总会发出震耳欲聋的响声，因为它的每一个喉咙里都会跳出一种不同的吱吱声。

　　宙斯曾经下令，让珀耳修斯的长孙担任国王。因赫拉嫉妒赫拉克勒斯的母亲阿尔克墨涅，从中作梗，让欧律斯透斯提前出生，成了国王。欧律斯透斯虽然成了国王，但他嫉妒赫拉克勒斯的名声，故意下达很多命令刁难他。赫拉克勒斯必须从巨龙身旁摘来赫斯珀里得斯的金苹果，这是欧律斯透斯下达的命令。

　　于是，赫拉克勒斯踏上了漫长的冒险旅途。他必须盲目地依靠天机良缘，依靠偶然，因为他连赫斯珀里得斯到底住在哪里都不

　❋ 小·讲坛　①金苹果：在希腊神话中代表着美丽，是希腊神话中著名的宝物，也是矛盾的源头，是特洛伊战争的导火索。

知道。

他一路辛劳，首先来到帖撒利，那是巨人忒耳默罗斯居住的地方。巨人用坚硬的头颅把一切过往旅客追赶得死去活来。可是这回却碰上了对头，巨人的脑袋在赫拉克勒斯的头上碰撞得粉碎。到了埃希杜罗斯河时，赫拉克勒斯又遇到了一名挡路的妖怪，那是阿瑞斯和皮瑞涅的儿子库克诺斯。赫拉克勒斯不明就里，向他打听赫斯珀里得斯的苹果园。没料到妖怪还没有回答就要求与来者一决雌雄，结果当场被赫拉克勒斯打死。这时候，阿瑞斯也急忙赶过来，他要为死去的儿子报仇。赫拉克勒斯不得不挥拳上阵，准备拼杀一场。可是宙斯却不愿意看到他们当中有人流血，因为两人都是他的儿子。他用一道闪电隔开了跃跃欲试的双方。

赫拉克勒斯继续往前。他穿过伊利里亚，跨过埃利达努斯河，来到一群山林水泽女神的面前。她们是宙斯和忒弥斯的女儿，居住

在埃利达努斯河的两岸。赫拉克勒斯向她们打听路程。"你去找年迈的河神涅柔斯,"女神们回答, "他是一位智者,知道一切答案。你应该趁他睡觉的时候袭击他,将他捆起来,然后他才会告诉你真实的情况。"

赫拉克勒斯按照建议制服了河神,尽管河神本领高强,通常情况下他能够变成各种模样。赫拉克勒斯直到确切地知道赫斯珀里得斯的金苹果到底在哪里,才把河神涅柔斯释放回去。

后来,他又穿过利比亚和埃及。那里的国王名叫波席列斯,是波塞冬和吕茜阿那萨的女儿。当地遇到了连续九年的干旱,塞浦路斯的一位占卜者带来一则神谕。他说,只有每年向宙斯祭供一名生人,那里的干旱才会结束。为感谢占卜者的功劳,波席列斯国王把他送上了祭台,杀死了他。后来,这位野蛮的国王对残暴的行为十分感兴趣。他把来往埃及的陌生人全部杀害,连赫拉克勒斯也被抓了起来,捆绑着一直送到祭供宙斯的坛前。后来,赫拉克勒斯跳起身来,挣脱了捆绑的绳子,让祭坛前的波席列斯国王连同他的儿子和祭司付出沉重的代价。

赫拉克勒斯又往前走了,一路上又遇到许多危险。后来,他在高加索山旁救出了被捆绑着的提坦神普罗米修斯。最后,他还来到阿特拉斯肩扛天庭重担的所在地,那里是赫斯珀里得斯看管金苹果的地方。普罗米修斯建议赫拉克勒斯不要亲自去抢摘金苹果,而是派阿特拉斯前去完成任务。

赫拉克勒斯一想也对,于是答应在这段时间内亲自扛天庭的重担,让阿特拉斯去完成任务。阿特拉斯答应了,把天庭的重担让给了赫拉克勒斯,然后动身朝山坡上走过去。他设法把巨龙送入梦乡,又挥刀把沉睡中的巨龙杀死了。阿特拉斯骗过了看守的姑娘，最后盗得了三个金苹果，高高兴兴地回到赫拉克勒斯的面前。

"不过，"他开始讨价还价，"我的肩膀尝够了扛抬天庭的滋味，也知道没有担子的轻松，我不想再扛了。"说完，他把金苹果扔在赫拉克勒斯脚前的草地上，让他扛着沉重的负担站在那里。

赫拉克勒斯知道，自己必须想出一条计策，才能摆脱这场重压。"喂，我想寻找一块软垫搁在头上，"他对阿特拉斯说，"否则，这副重担都快把我的脑袋压裂了。"

阿特拉斯上前一看，果不其然，天庭重重地压在赫拉克勒斯头上，因此同意暂时把重担扛一会儿。他接过担子，等赫拉克勒斯找到软垫，前来替他。那可不知道需要等多长时间了，因为赫拉克勒斯早已从草地上拾起金苹果，迅速离开了那里，跑得无影无踪了。

后来，赫拉克勒斯把金苹果交给国王欧律斯透斯。国王又把苹果送给赫拉克勒斯。原来，欧律斯透斯只是想趁机除去赫拉克勒斯，他其实并不关心、也并不喜欢金苹果。赫拉克勒斯并不需要金苹果，便把它放在雅典娜的祭台前。女神雅典娜再把金苹果送回原来的地方，让赫斯珀里得斯继续看管。

扫一扫，查答案

一、选择题。

1. 宙斯是第（　　）代天神。

　　A. 一　　　　　　　　　　　B. 二

　　C. 三　　　　　　　　　　　D. 四

2. 普罗米修斯用（　　）盗取神火。

　　A. 柳枝　　　　　　　　　　B. 茴香枝

　　C. 芦苇　　　　　　　　　　D. 稻草

3. 宙斯和赫拉的儿子之一是（　　）

　　A. 阿瑞斯　　　　　　　　　B. 彭透斯

　　C. 阿革诺耳　　　　　　　　D. 阿波罗

4. 神鹰啄食谁的肝脏？（　　）

　　A. 法厄同　　　　　　　　　B. 阿尔忒弥斯

　　C. 宙斯　　　　　　　　　　D. 普罗米修斯

5. 潘多拉是谁用泥土和水造成的？（　　）

　　A. 赫菲斯托斯　　　　　　　B. 普罗米修斯

　　C. 雅典娜　　　　　　　　　D. 波塞冬

6. 宙斯的妻子是谁？（　　）

　　A. 阿波罗　　　　　　　　　B. 赫拉

　　C. 哈德斯　　　　　　　　　D. 潘多拉

7. 爱与美的女神是谁？（　　）

　　A. 赫拉　　　　　　　　　　B. 雅典娜

　　C. 潘多拉　　　　　　　　　D. 阿佛洛狄忒

8. 下面连线正确的一组是（　　）

　　A. 大地之母——该亚　　　　B. 天后——雅典娜

　　C. 智慧女神——赫拉　　　　D. 太阳神——普罗米修斯

二、填空题。

1. 宙斯微服私访时，身边带的是儿子＿＿＿＿＿＿＿＿，他们在一个小村子里只成功敲开一对夫妇家的门，他们是＿＿＿＿＿＿＿＿和＿＿＿＿＿＿＿＿。

2. 普罗米修斯造人时，把＿＿＿＿＿＿＿＿、＿＿＿＿＿＿＿＿、＿＿＿＿＿＿＿＿、

＿＿＿＿＿＿＿＿、＿＿＿＿＿＿＿＿、＿＿＿＿＿＿＿＿、

＿＿＿＿＿＿＿＿、＿＿＿＿＿＿＿＿杂糅混合，注入了泥人的胸膛中。

3. 潘多拉是诸神送给＿＿＿＿＿＿＿＿的妻子，她有一个的致命缺点，是＿＿＿＿

＿＿＿＿＿＿＿＿。

4. 法厄同是太阳神＿＿＿＿＿＿＿＿和凡人＿＿＿＿＿＿＿＿的儿子。

5. 看守金苹果的是夜神的女儿＿＿＿＿＿＿＿＿和一条＿＿＿＿＿＿＿＿。

三、判断下列说法是否正确，正确的画"√"，错误的画"×"。

1. 把普罗米修斯从高加索山上救下来的是肩扛天庭重担的阿特拉斯。（　　）

2. 弗利基亚的国王迈达斯有一对驴耳朵，那是酒神狄俄尼素斯的杰作。

（　　）

3. 法厄同曾经驾驶过一次太阳金车，那次驾驶非常成功。（　　）

4. 赫菲斯托斯曾赠送给潘多拉一条装饰了各种动物造型的金项链。（　　）

5. 宙斯答应保护人类，但没有给人类最需要的一样东西——火。（　　）

6. 雅典娜曾经给普罗米修斯造的泥人送去灵气，给予人类仁慈。（　　）

7. 宙斯喜欢到人间微服私访的一个很大原因是他关爱百姓。（　　）

四、简答题。

1. 潘多拉的盒子里面装了哪些东西？

＿＿＿＿＿＿＿＿＿＿＿＿＿＿＿＿＿＿＿＿＿＿＿＿＿＿＿＿＿＿＿＿＿＿＿＿＿

＿＿＿＿＿＿＿＿＿＿＿＿＿＿＿＿＿＿＿＿＿＿＿＿＿＿＿＿＿＿＿＿＿＿＿＿＿

2. 请简述希腊神话中著名的故事《赫斯珀里得斯的金苹果》。

＿＿＿＿＿＿＿＿＿＿＿＿＿＿＿＿＿＿＿＿＿＿＿＿＿＿＿＿＿＿＿＿＿＿＿＿＿

＿＿＿＿＿＿＿＿＿＿＿＿＿＿＿＿＿＿＿＿＿＿＿＿＿＿＿＿＿＿＿＿＿＿＿＿＿

＿＿＿＿＿＿＿＿＿＿＿＿＿＿＿＿＿＿＿＿＿＿＿＿＿＿＿＿＿＿＿＿＿＿＿＿＿

北欧神话

阅读小贴士：

北欧神话故事讲述人类文明的序幕揭开之前，居住在北方圣地阿斯加尔德诸神的英雄事迹，牢牢抓住了北欧萨迦传奇故事的魔力和庄严。这些来自北欧的古老神话，构成了西方神话体系中重要的一支，也让我们了解到北欧神话传说的基本情节，一窥北欧诸神所在的宏大世界，领略北欧神话作为当今西方奇幻小说、经典传奇故事共同源头的无穷魅力。

冰火创世①纪

　　当这个世界还处于混沌和无秩序状态时，完全没有天与地的概念，一切都融合和笼罩在黑暗无垠的浓雾中，是个让人找不着北的太虚之境。随着时间的推移，这片广漠的不毛之地中央出现了一个无底深渊，其中弥漫着寒雾和无尽的神秘。后来在深渊中心泛着微光的地方出现了一道名为赫威高密尔的活泉。深渊之北是雾国尼夫尔海姆，这是一个严寒刺骨的冰川世界。赫威高密尔泉水流到这里时，会被寒气凝结成巨大的冰川。这些冰川日积月累地重叠起来，变得高不可测。久而久之，冰川因累叠太厚而无法承受自重，于是就会崩塌掉入深渊，发出雷鸣般的巨响。

　　深渊之南是烈焰之国穆斯贝尔海姆，这里终日烈焰焚天。火巨人苏尔铁尔镇守于此。自古"冰火不相容"，每当冰川滑坡时，苏尔铁尔就会挥动他那柄赤红炙热、火星四射的真火巨剑，怀着满腔怒火劈向北方涌来的如山巨冰，不仅制造出更高分贝数的巨响，还将股股热浪引向了北方的尼夫尔海姆。

※ 小讲坛　①冰火创世：根据对北欧神话的解读，创世的地点应该在冰岛。因为火山与冰原是冰岛最主要的地貌特征，而且冰岛有一条深不见底的狭长裂缝，被称为"世界的裂痕"，更符合神话中的描述。

　　北方的冰川在南方热风的不断吹拂下，先融化成水，再被蒸发成水汽向上升腾。最后被四周寒气侵袭，凝结成霜雪飘落下来。就这样，在尼夫尔海姆的寒冰和穆斯贝尔海姆热气的交替作用下，伴随着水的三种形态转换，诞生了霜巨人①之祖——伊米尔和一头名为奥德姆布拉的巨型母牛。伊米尔靠吸食奥德姆布拉的乳汁为生，而奥德姆布拉则靠舔食寒冰下的岩盐过活。

　　奥德姆布拉第一天舔过的岩盐下居然露出了一缕人的头发，舔到第二天，一颗长相俊美的人头破冰而出，第三天，一个英俊魁梧的人形生物就站了起来，这就是北欧诸神始祖布里。布里一出世就不是单独一个人，因为他马上就有了自己的儿子博尔。伊米尔也在沉睡时从自己腋窝中诞出了一男一女两个巨人，从两腿之间生下了六头巨人苏德高米尔。苏德高米尔又马上生下了巨人博格米尔。他们就是霜巨人族的祖先。

　　由于奥德姆布拉的乳头数量有限，而霜巨人和神族都有了自己的后代，因此不可避免地因生存权和发展权发动了战争。一次战争后，博尔把对方阵营的女巨人拜斯迪娜抢了过来。拜斯迪娜一看博尔，比自己巨人族的同类好看多了，便乐不思蜀，不愿回去了。这对相貌相当的神仙和巨人生下了三个孪生子，分别为长子奥丁②、次子维利③、三子伟④。这下神族如虎添翼，一下就扭转了胶着不下的战局。祖孙三代合力打倒了霜巨人的始祖伊米尔。伊米尔撒手归天时，伤口喷出了大量的血液，如决堤而出的洪流一般泛滥成灾，将

✳ 小讲坛　①霜巨人：在神话中的地位很高，常常令众神头痛不已。

　②奥丁：意为神圣。

　③维利：意为精种。

　④伟：意为意志。

他自己的后代淹没吞噬了不少，只余下博格米尔和少数巨人侥幸逃脱。他们逃到世界的边缘，在极北之地建立了名叫乔森海姆的王国，在那繁衍生息了一大群霜巨人，伺机复仇。

如此一来，诸神便成了世界的主宰，他们开始着手重建一个全新的世界，施工者是天界的阿瑟诸神。诸神说："先要有海。"于是就将伊米尔的血液作为海洋，汗水作为江河湖泊，躯体作为大地，骨骼作为山脉，胡须作为植物，牙齿作为岩石，把伊米尔的颅骨悬放起来作为天穹，以其脑浆为云层，给大地带来雨雪霜露，并用他的眉毛做成人类居住的中土世界米德加特的墙壁。有了天就应该有擎天柱，诸神虽然个个强壮，但他们日后要扮演英雄和救世主的角色，于是诸神把伊米尔尸体上最先孵化出的四条蛆虫变成四个强壮的矮人，让他们像擎天柱一样扛着天空的四个角。他们分别为诺德（北）、苏德（南）、奥斯特（东）、维斯特（西）。诸神还捕捉了烈焰之国穆斯贝尔海姆的火花，将这些大小不一的火花镶嵌在天空，将其化为闪亮的星辰，并制订了它们的运行轨迹，而且让其中的一些星辰按一定图案排列形成星座。其中最大的两股火苗被造成太阳和月亮，放在金碧辉煌的六轮车上，由两匹分别叫阿瓦可[1]和奥斯温[2]的马拖拽。为了防止炙热的太阳火焰灼伤马匹，诸神打造了一面叫斯瓦凌的巨盾置于车前马后，隔开太阳和马匹。而月亮由于体积小、热量低，就由一匹马单独拖着。

为了壮大日夜出巡的阵仗，诸神特地选派热情奔放的女神苏尔驾驭太阳车，每当她操控太阳车飞驰天际时，大地上的花草树木便

※ 小讲坛 [1]阿瓦可：意为早醒者。
[2]奥斯温：意为健步者。

在阳光下抽芽生长。月亮之神是温文尔雅的曼尼，夜幕降临后，内向的他便驾驶月车驶过夜空。诸神让前来投诚的霜巨人诺威之女诺蒂驾驭黑色霜马车，追随在月车之后穿越天空。每天清晨，诺蒂将马车驶入车棚时，黑色霜马的鬃毛上洒下的汗珠会结成露水洒到地面上。后来，诺蒂成了夜之女神。天狼会不时追赶日神和月神，那时就会有日食和月食。

诸神给旧世界换了新容颜后，在信步漫游时颇感欣慰。但在心旷神怡之时，总觉得并未圆满。广袤的土地上虽然树木葱茏，但除了鸟语花香外，却没有人来歌颂众神的功绩。诸神于是取来梣木枝造成男人，榆树枝造成女人。由奥丁赐予他们生命与灵魂，维利赋予他们情感和欲望，伟给予他们仪表和语言。然后将这对北欧的亚当和夏娃安置在中土世界米德加特繁衍生息。人类的生死、健康、财富和命运，全部操纵在沃达尔泉边的三个命运女神手中。她们纺织、测量和剪裁人类的命运之线，决定人类寿命的长短、健康的好坏以及财富的多少。

人类生活的地方是乾坤树伊格特西中间部分的枝干。树枝表面凸出来的地方，就是人类所称的高山和峡谷。树枝表面凹下去积了水的地方，人类称之为湖泊和海洋。树枝上生长了青苔的地方，人类则称其为森林。阿瑟诸神是人类的保护神，掌管人类的知识、智慧、诗歌、历史、和平、战争、力量、财富、狩猎、渔业、海港、爱情、婚姻、生育等各种事务。

在诸神进行基础建设的时候，从伊米尔残骸的腐肉里面长出了很多尸虫，它们攫取伊米尔残骸的精华后变成了富有灵性的生物。诸神就将它们改造成玲珑至极且身材矮小的矮人族，并赋予他们超人的智慧和魔法。不过，诸神也将这些矮人分为两类。那些肤色黝黑、生性诡诈狡猾、贪财好色的矮人被诸神逐于地下的斯瓦塔尔法海姆居住，被称为黑侏儒。他们擅长打造铁器和首饰，且手艺精良，价格公道。诸神禁止他们白天到地面活动，若有违背就会化为石头。黑侏儒对诸神的种族歧视政策非常不满，他们对诸神时而拍马逢迎，时而暗中抗拒。他们会在打造的武器上附加诅咒，让手持这一武器的神作战失利；也会在给女神们制作的首饰上附加诅咒，让其变为荡妇。除此之外，他们还是对贵重金属嗅觉非常灵敏的矿工，平时专爱搜集地下的各种稀有金属，然后把它们藏在隐秘的地方。

而另一类肤色白皙、性情温良、长相俏美的矮人，被称为白侏儒，也被称为精灵。诸神允许他们居住在伊米尔眉骨上一个叫阿尔夫海姆的地方。他们可以随意飞来飞去，几乎什么事都不用做。白天就是打理一下花草植物，和花鸟虫鱼尽情嬉戏，晚上就在草地上开篝火晚会，活得悠闲自在。

安排完这些后，诸神在奥丁的带领下来到了永不封冻的伊芬河边的伊达沃特平原，在此兴建了自己的家园阿斯加德，并立下誓言：在此圣地，永不许有流血事件！诸神在阿斯加德完工后已经没有精力来修建围墙了，于是广发告示，招募能者。这时，一个霜巨人工匠声称能在三个冬天内修建高耸入云、绵延千里的围墙。但他索要的报酬不是金银，而是爱神芙莉嘉，要她做自己的妻子，且要求日月也归他所有。诸神看这巨人单枪匹马，完全不相信他能完成如此庞大的工程。

为了戏弄巨人，诸神假装同意了他的要求，但附加了更为苛刻的条件，那就是巨人必须在一个冬天里完成全部的工程，而且不得有其他人援手。如若无法完成，就要以性命作为违约金。巨人居然答应了这一条件，不慌不忙地开始工作了。没多久，一堵崭新的围墙竖了起来，并且以奇迹般的速度不断增长着。要是按照这个速度，冬天还没结束，巨人就会完工。诸神发现巨人施工之所以如此神速是因为他那匹叫作斯华帝弗利的马。这匹马昼夜无休地用它的神力为巨人运来一块又一块修筑围墙所需的巨石。在春天降临的前三天，巍峨的围墙已经矗立在了阿斯加德的四周。只要城门完成，整个工程即可交付使用了。诸神开始紧张和后悔了，按照约定，围墙完工时，他们要交出美丽的芙莉嘉以及太阳和月亮，到时候不就天昏地暗了吗？这时，诡计多端的火神洛基想出了一条奇计，让一筹莫展的诸神无不拍手称绝。洛基选了一匹处于发情期的母马，在巨人睡觉的时候，牵着它靠近了还在连夜施工的斯华帝弗利。母马发出求偶时的低叫声，挑起了斯华帝弗利内心的欲望，它停下工作向这匹漂亮的母马奔来。但洛基却牵着母马向远方跑去，将巨人的神骏骗到了一个偏远的地方。

如此一来，巨人便无法按期完工。那母马和神骏斯华帝弗利产下了一匹混血八蹄马驹。它长大后日行千里，夜行八百，远超天上人间任意一匹马。后来它成了奥丁的专属坐骑，得名斯普莱尼尔。

在诸神初创天地万物之时，伊米尔的心脏上长出了一株根深叶茂、高耸入云的巨型榉木伊格特西，健硕的枝干支撑着整个世界。它的盛衰荣枯关系着世界的命运。它就是北欧神话中的乾坤树。这棵树有三条粗大的根，分别从三股泉水处吸取水分而且连通着三层不同的世界。

第一条树根深入阿斯加德的命运之泉沃达尔。沃达尔所在之处

是阿瑟诸神集会议事、商讨重大决策的圣地。这里还住着能透视神、魔、人、怪命运的命运三女神。

第二条树根深入巨人之地乔森海姆的智慧之泉秘密尔。秘密尔汇集了人、神、魔三界心智，由霜巨人中最睿智、最强悍的米默尔守卫。谁要是饮用了这泉水，就能获得超凡脱俗的大智慧。但要找到它非常困难，需付出极大的代价。即便是强如奥丁这样的主神也以付出一只眼睛为代价，才饮到一口泉水。

乾坤树伊格特西繁茂的枝叶遮盖庇护了整个宇宙。其最高枝莱拉德[1]笼罩着诸神居住的圣地。枝上结着能让人返老还童的金苹果，除却青春女神伊童外谁也不能摘取。枝头还栖息着一只名为维德佛尼尔的巨隼，它能洞察天上人间的一切事件并报告给奥丁。树上还有一只上蹿下跳、名为拉塔托斯克的小松鼠，经常挑拨巨隼和树下毒龙之间的关系。

第三条树根深入冥界，根下有尼夫希尔姆泉和不断啃食树根的毒龙尼德霍格。树根被啃完后，世界就会毁灭。因此诸神在那建立了冥界，让死亡女神海拉将世间犯下重罪的亡魂丢给毒龙吃，暂缓其啃树根的速度。

乾坤树还承载着整个宇宙的命运，关系着世界的幸福，是三界的脊梁。它有痛觉，脆弱且易受伤害，也几乎承载了这个世界的所有苦难。除了冥界的毒龙在侵害乾坤树外，一些妖魔鬼怪也在对它进行着破坏。虽然他们都知道乾坤树一旦死亡就是世界末日，也会累及自己的性命，但他们更想趁着这个重新洗牌的时机重启命运。除却这些主观有意伤害乾坤树的生物外，有些动物也在无意中损耗着乾坤树的健康。那些给诸神提供饮用乳品的神羊海朵拉就以乾坤树的常青枝叶为食。而四头主司的神鹿也以乾坤树的嫩芽充饥。但神鹿的鹿角滴下的蜜露，不仅可以配合神羊奶酿制蜜酒供诸神饮用，还是世间一切甘泉的源头。诸神建设了如此美好的江山，势必会引起反势力的仇恨。他们无时无刻不在挖空心思制造祸害。名为妒忌和憎恨的两条天狼分别追逐太阳和月亮，想要把它们撕咬吞噬，让世界被永恒的黑暗笼罩。诸神的创举不仅激发了天狼的破坏欲，更让居住在极北之地的邪恶势力咬牙切齿。

霜巨人中有个名叫赫拉斯沃格的食尸巨魔，一直以因寒冷饥饿而毙的尸体为食。而诸神创建的世界阳光明媚，万物生机盎然，让他的口粮大大减少，甚至经常食不果腹。他因此大为恼火，经常披上鹰羽魔衣四处觅食。他扇动双翼时会卷起股股寒风，飞过陆地就会引发暴风雪；他飞过海洋则刮起海啸，颠覆船只，淹没港口。雷神托尔是诸神中对抗黑恶势力的中坚力量，他时常在这些地方巡逻，以还给人间和天界一片安宁。

而在天地初创时，阿瑟神族并不是唯一一个流淌着神圣血液的种族。与他们并存的，还有一个比较大的瓦纳斯神族。瓦纳斯神族中最有名的就是尼尔德了，他和儿子弗雷尔和女儿芙莉嘉住在海边。他们和海上风雨之神伊吉尔共同掌管台风和潮汐涨落。无论是商人还是海盗在出海时都要祈求他们刮顺风。掠劫成性的海盗也会在大肆抢夺后将金银珠宝沉入海中，以换取尼尔德家族的庇护。

起初两个神族之间并无太大纠纷，一直井水不犯河水。因为即便是瓦纳斯神族所庇护的海盗，他们的勇气和力量也是阿瑟诸神所赏识的，奥丁的瓦哈拉神殿也吸纳了不少英勇战死的海盗亡灵。但最终，发生了一件让阿瑟诸神不能容忍的事情，导致了两个神族的交战。

冲突缘于一个在米德加特游历的、名为高法伊格的女巫师。一开始，米德加特人并不知道她的来历。但由于她会各式魔法，比如能把人送到半空中与白侏儒玩耍，又神通广大，能透视未来、看穿过往，人们都找她预言自己的命运。她让人们搭建祠堂，修筑祭坛，并在黑暗中作法。她法力高强，且对人们有求必应，这让居住在中土世界米德加特的人们的欲望不断膨胀并渐渐迷失了自己，妄生出了各种贪念和色欲。为满足这些私欲，人们纷纷拜倒在高法伊格脚下成为她的信徒。在她的纵容下，人们也变得更加懒惰、暴虐、贪淫。

高法伊格见自己有了深厚的群众基础，便有了掌握圣域核心权力的想法。她唆使她的信徒在诸神居住的阿斯加德撒野，要求跟众神平起平坐。诸神大怒，擒住她后用长矛贯穿她的身体，把她架在火上焚烧至灰飞烟灭。但隔几天，她又会来圣境叫阵。因为虽然诸神每次都能抓住她，把她挫骨扬灰，但之后她都能再次复活。诸神仔细观察了她的魔法，发现她起源于瓦纳斯神族。所以推断高法伊格一定跟瓦纳斯神族有关系。阿瑟神族集会商讨，最后决定向公然挑衅的瓦纳斯神族开战。奥丁率先将他的武器长矛冈尼尔投到了瓦纳斯神殿，率领阿瑟神族向其宣战。瓦纳斯神族也没有畏惧退缩，全力作战。战争持续几天后，双方的主神都看出，此战必然导致势均力敌的双方两败俱伤。即便某一方在大战中取胜，付出的伤亡代价也将非常高昂，而获胜方在未来也难以抵御霜巨人的乘虚而入。于是，双方立下誓言议和，并约定交换人质。阿瑟神族将自己阵营的海尼尔送到了瓦纳斯神族那里，而瓦纳斯神族的尼尔德和他的儿子弗雷尔及女儿芙莉嘉则加盟到了阿瑟神族这边。奥丁也把他们纳入阿瑟神族的高层。尼尔德和弗雷尔都位列十二正神，芙莉嘉则位列二十四位女神，是女武神的统领。

诸神改造完旧世界之后，在阿斯加德论功行赏。主神奥丁分封了十二位正神，他们是：雷神托尔、战神铁尔、光明之神博德、黑暗之神霍都、守护神海姆达尔、复仇之神法利、美神及音乐诗歌之神布拉奇、森林之神威达尔、公正之神福尔塞提、火神及恶作剧之神洛基、海神尼尔德和丰饶之神弗雷尔。奥丁和十二位正神的集会场所定在阿斯加德的格拉斯海姆神殿。而奥丁的妻子芙莉嘉等二十四位女神则住在温沃尔夫神殿。进入仙境阿斯加德的唯一通道，是高悬在大地之上的彩虹桥碧芙斯特。此桥是由水、火和空气构成，看上去虚妄不实，实则异常坚固。守护神海姆达尔日夜不离地负责守护碧芙斯特桥。他的武器是一把快刀和一只银号角。每当众神通过此桥时，他就用号角吹出轻柔悦耳的曲子。而一旦他吹出高亢激烈的曲子，就表示报警，也是诸神的黄昏来临之时。那时候曾被众神打退的霜巨人会联合火巨人及一切黑暗力量发动对天界的攻击，世界末日也就在那一刻到来。

奥丁盗神酒

在一个叫作尼特堡的山崖里，有一个神秘的石窟。在石窟里，藏着三罐神酒。这种神酒有着特别的威力，喝了它的人不仅可以获得智慧，而且还可以变成满腹经纶的诗人。因此，无论是天上的神仙，还是人间的凡人，都渴望得到神酒。那么，神酒是怎样酿成的，它又怎么会被藏在尼特堡山崖的石窟里呢？

事情还要从阿瑟和瓦纳斯两大神族缔结和平的会议说起。由于众神的意见不统一，会议开了很久却始终没有结果。后来，众神达成一致，不再胡乱发表意见，尽快缔结和约。为此，每一位神仙都向一个小陶罐中吐上一口唾沫，以示不再浪费唇舌。就在最后一位神仙吐完最后一口唾沫的时候，奇迹发生了，陶罐里的唾沫中诞生了一个生命，众神为其取名卡瓦西。因为汇集了众神的力量和智慧，卡瓦西非常聪明，他能轻而易举地解决各种问题，没有任何问题能够难倒他。

卡瓦西喜欢四处云游，将智慧带到各个地方。可即使他聪明绝顶，也还是没能逃脱小人的算计。当他云游到侏儒国的时候，碰到了两个阴险狡诈的侏儒。他们嫉妒卡瓦西的才学，于是设计谋害了他。杀死卡瓦西后，两个侏儒将卡瓦西的鲜血用两个蜜罐装了起来。

接着，他们把两罐鲜血和一罐蜂蜜混合，酿造出了一种蜜酒。由于卡瓦西是众神智慧的结晶，因此他的血液也充满着智慧的力量，而用他的鲜血酿造出来的酒自然也非同寻常。这就是具有神奇力量的神酒。两个侏儒将它装入了三个罐子中，无论走到哪里，都将其带在身边。

一次，两个侏儒要出海办事，请一个名叫吉灵的巨人为他们掌舵。路上，吉灵无意中得罪了两个侏儒，于是在返航的途中，两个侏儒就设计将吉灵杀害了。船靠岸后，吉灵的妻子向两个侏儒追问丈夫的下落。两个侏儒一狠心，将吉灵的妻子也推向了大海。后来，吉灵的儿子苏特顿知道了父母惨死的真相，他四处寻找两个侏儒，要为他的父母报仇。两个侏儒不是苏特顿的对手，面对强大的苏特顿，他们跪地求饶，并亲手奉上他们视若珍宝的三罐神酒，希望能保住自己的性命。苏特顿早就对神酒有所耳闻，现在得此良机，就顺势接受了侏儒的请求。苏特顿得到神酒之后，就把它们藏到了尼特堡山崖的石窟里，并让自己的女儿守护神酒。

苏特顿是一个吝啬之徒，自他得到神酒之后，就把神酒严密地看守起来，任何人都无缘闻一闻神酒的气味。不过天上的众神不甘心让神酒永远存封在石窟里，尤其是众神之王奥丁，更是不愿放弃任何一次增长智慧的机会。思来想去，奥丁决定亲自下凡去盗取神酒。虽然贵为众神之王，但若没有可靠之人的帮助，他也很难盗得神酒。奥丁将目光锁定在苏特顿的兄弟保吉身上。

在保吉的庄园里，九个仆役正在费力地割着稻草。奥丁见他们的镰刀非常钝，就走上前说他有一块磨石，可以将镰刀磨得非常锋利。九个仆役试了试，镰刀果然锋利了许多。他们都希望得到这块

磨石，那样他们就可以干更多的活，得到更高的报酬了。奥丁装出很为难的样子，突然将磨石向天上一抛，九个仆役就争相抢了起来。为了得到磨石，九个仆役打得不可开交，最后全都倒在了血泊之中。

奥丁来到保吉的家中时，保吉正在为九个仆役的突然死去而苦恼。奥丁说："不必烦恼。我一个人就可以干九个人的活，我可以帮你把地里的农活干完。"保吉听了十分高兴，忙问奥丁要什么报酬。奥丁说："我什么都不要，只求能喝上苏特顿珍藏的一口神酒。"这下保吉可为难了。想了很久，他才开口说："苏特顿是个吝啬之人，你的要求确实很难办到。不过如果你能帮助我把地里的农活干完，我一定会帮你喝到一口神酒。"奥丁满意地离开了。

奥丁果然是个出色的农夫，保吉对他所干的农活非常满意。秋收过后，保吉带着奥丁来找苏特顿，希望苏特顿能赏赐一口神酒。结果不出所料，苏特顿看都没看奥丁一眼就断然拒绝了保吉的要求。无奈，保吉只好带着苏特顿去盗取神酒。他们挖取了一个山洞，一直通往藏神酒的石窟。待石壁打通后，奥丁就一个人进了石窟。在石窟中，奥丁遇到了苏特顿的女儿。可是苏特顿的女儿却爱上了奥丁，两个人在石窟中过了几个甜蜜的夜晚。后来，苏特顿的女儿答应奥丁临行之前可以喝上三口神酒，可奥丁却在每个罐中都喝了一口，而每一口就是一罐，喝完之后奥丁就变成一只雄鹰，飞出了石窟。

苏特顿看到天空中突然多了一只雄鹰，马上感到了异常，连忙起身去追。奥丁由于带着三罐神酒，行动有些迟缓，眼见苏特顿就要追上来了。天上的众神看此情景，知道奥丁已经成功盗取神酒，于是纷纷带酒器前去迎接。待奥丁将神酒吐入酒器之中，苏特顿知道一切已经无可挽回，他绝不是众神的对手，只好悻悻地回去了。奥丁将神酒分发给众神和人类中的智者享用，于是便有了很多才华横溢、出口成章的诗人。

雷神托尔大战霜巨人

雷神托尔是奥丁的长子，在十二位主神中坐第二把交椅，仅次于他的父亲。他在诸神中最威武勇猛，疾恶如仇，但宽宏大量，不拘小节。托尔不仅法力高强，还有三件宝物。第一件是雷神之锤米奥尼尔[1]，它由黑侏儒打造，能最大限度地发挥托尔的法力。无论敌人离托尔有多远，无论他们怎么躲闪，只要托尔把米奥尼尔用出去，这把神锤都能命中目标。在击中目标后，米奥尼尔还会自动飞回托尔手中。第二件宝物是能增加托尔力量的腰带金吉奥特。第三件宝物是增加战锤杀伤力的铁手套伊安格雷格。

托尔是诸神中唯一一位不骑马的，他的战车由两只山羊拉动。这两只神羊随时可供托尔食用，吃完它们的肉后，托尔只需将吃剩的骨头包在羊皮中一抖，两只山羊就会复活。托尔的妻子是金发女神西芙，他们育有一子一女。女儿斯洛特曾被一个黑侏儒追求，一天夜里，这个黑侏儒来到阿斯加德求亲。诸神为了阻止黑侏儒，给他布置了很多艰难的任务，结果黑侏儒一一完成。托尔又出了很多

※ 小讲坛　①雷神之锤米奥尼尔：北欧人将托尔的雷神之锤看得极神圣，他们经常以手做锤形来驱除不祥，邀引福佑。婴儿初生时，大人亦在他身上做锤形，红白喜事时也以手做锤形作为必要的仪式。

考验智力的问题给黑侏儒。为了证明自己学识渊博，黑侏儒一一回答，结果没注意到天色渐渐发白，第一束阳光照了过来，他就这样石化了。

极北之地的霜巨人会不时将刺骨寒流刮到人类居住的中土世界，让谷物绝收，家畜冻毙。有一天，托尔叫上多谋的洛基前往霜巨人聚居的乔森海姆，准备给那些巨人一点颜色看看，让他们老实点。他想，凭自己的神力和洛基的智力，一定能收拾目中无神的巨人。托尔驾驶他的双羊铜战车一路飞驰到了乔森海姆边界。多动的洛基憋了许久，想活动活动。他们好不容易找到一户人家投宿。

一位农夫热情地招待了这两位着便衣的神。但这两位神的食量太大了，很快就吃完了所有食物。只吃了个半饱的托尔只好把拉车的神羊牵出来杀掉，让农夫烧好端上桌，然后请农夫一家四口人一起享用。吃羊肉之前，托尔将两张羊皮铺在地上，要所有人将羊骨全都放在羊皮上，千万不能损坏。爱搞恶作剧的洛基唆使农夫的儿子瑟亚非偷偷将一根羊骨折断，并将其中的骨髓吸食干净。瑟亚非因此得到了神羊超强的耐力。次日早上，托尔念着鲁纳符文用战锤敲击羊皮，两只神羊便复活了。但他发现其中一只羊的后腿有些跛，托尔知道农夫家的人在吃羊肉时破坏了羊骨，气得红胡子直翘，大喝一声，举起战锤往地上一砸，砸出了一个巨坑。农夫一家人被吓得伏地不起，求托尔宽恕。洛基怕瑟亚非招出他，便打圆场道："不如这样，让老头的两个儿女做你的贴身侍卫。你跛了一只羊，却多了两个侍卫，岂不划算！"托尔发过脾气后，也就欣然应允。瑟亚非跟随托尔，而农夫的女儿洛丝则侍奉西芙。

拉车的神羊跛了一条腿就相当于汽车爆了一个胎，只好停在农夫家里待回程时带走。托尔、洛基、瑟亚非和洛丝步行前往乔森海姆。一路上地势崎岖，但瑟亚非拜神羊骨髓所赐，背着洛基和托尔的行囊健步如飞。夜里，他们走到了一片黑森林中，发现一座超大的房子。托尔使劲敲门，无人应答。一整天的跋涉让他们疲惫不堪，于是他们就进屋席地而睡。到了半夜，他们被震天的雷声惊醒，地面也开始剧烈震动起来。托尔提着战锤出门查看情况，但周围漆黑一片。约莫一盏茶工夫后，雷声和余震消失了，但他们一行人再也无法入睡。次日天亮后，他们走出门外，发现面前睡着一个山似的巨人，鼾声如雷。原来，夜里惊醒他们的是巨人的鼾声和巨人翻身时引起的剧烈震动。再回头看昨夜栖身的巨屋，不过是这个巨人的手套而已。虽然托尔和洛基见过不少巨人，但这个巨人的体型还是让他们无比惊讶。此时巨人醒了过来，看到他们四人后主动打招呼道：“你们好，我叫斯克米尼亚，你们有没有看到我的手套哇？”他们四个听到手套，觉得无比尴尬，都低头不语。巨人找到手套后疑惑道：“上面怎么有脚印哪？嗯，似乎里面还有怪味。”托尔窘得涨红了脸。斯克米尼亚把脸转向托尔：“不用问，这位就是大名鼎鼎的雷神了。这么早就起来赶路哇？昨晚睡得好吗？”一宿没睡好的雷神面对这样的问候，有口难言。

斯克米尼亚取出行李中的干粮，招呼托尔他们共进早餐。照往常，托尔是不屑与巨人一起用餐的，但被巨人的体型震慑后再加上确实饥肠辘辘，也只能接过来吃了。

斯克米尼亚吃完饭就扛起行李准备动身，临走前问他们：“你们准备到什么地方去呀？”

洛基答道：“去乌特加德堡。”

　　斯克米尼亚说："我也要去那里，你们可以跟我一道。"说完就大步流星地向前走。由于他人高腿长步子大，托尔一行人在后面疲于追随。

　　就这样，他们在黑森林中又奔波了一天。到了傍晚，斯克米尼亚在一棵高耸入云的大橡树下坐下。他将行李抛到托尔面前说："我累了，要先睡一觉。行李里有食物，你随便拿就是了。请慢用，我不奉陪了。"说完倒头就睡，同时响起了如雷般的鼾声。饥肠辘辘的托尔见他睡着了，就径直走向包袱，但他使出了吃奶的劲都解不开绳结，洛基和瑟亚非以及洛丝也来帮忙，但绳结还是纹丝不动。涨红了脸的托尔觉得很丢面子，举起手中的巨锤米奥尼尔对着斯克米尼亚的头狠狠地砸了一下。

　　斯克米尼亚被吵醒了，用手摸了下头，眯着睡眼问托尔："刚才是什么东西掉在我头上了？是树叶还是雨点？你吃过晚饭没有哇？怎么还不睡觉？"托尔哪里好意思说自己因为解不开绳结而没吃晚饭，只好打肿脸充胖子地说："啊，刚才吃太饱睡不着，活动一下再睡。啊，时间差不多了，我也要睡了。"于是就睡在了另一棵橡树下。但想起刚才丢脸的事，他翻来覆去睡不着。本来就失眠了，这时候斯克米尼亚又打起了如雷般的鼾声，托尔听着这震耳欲聋的鼾声，忍无可忍，又走到斯克米尼亚身边，用尽全力用雷锤对着他的头砸去。谁知这巨人抓了一下头发迷迷糊糊地说："哪来的鸟往我头上大便？托尔你反正还没睡，麻烦你帮我赶一下鸟。"然后翻个身就又睡着了。托尔大吃一惊，眼前只有一个巨人就这么难搞了，明天还要到巨人聚居的城堡，怎么能有胜算？短暂的思索后，他决定先干掉眼前的巨人。如果这个巨人比明天城堡里的巨人强大，就等于为明天的战斗铲除了一个强敌；如果城堡里面的巨人更强大，就当是为以后跟巨人战斗热身就是了。

他面对巨人向后退，算准距离冲了过去。接近巨人时高高跃起，加速助跑，利用下落的重力加速度将战锤砸向巨人。托尔感觉自己的战锤已经深深陷进了巨人的头颅，这个巨无霸应该一命呜呼了，但巨人却只轻哼了一声，若无其事地伸了个懒腰坐起来，挠着头嘀咕道："刚才是橡树子掉在我头上了么？哇，天都要亮了，走吧，跟我去乌特加德堡吧。"

斯克米尼亚在路上对托尔说："听你们在我背后说我身材高大，超过你们以前见过的巨人。但我的身材在乌特加德堡里还算矮小的。虽然我们志不同道不合，但奉劝你们到时候不要在堡主罗契面前自视过甚。好了，我要向北了，你们一直向东就可到达乌特加德堡。"言毕，他就朝北大踏步而去。

托尔一行沿巨人所指的方向一直向东，到了中午时分，他们看到了一个大冰原，中央有座由冰雪建成的城堡，城堡高耸入云。托尔让另外三人尽量贴近他，然后用魔法护体，踩着万年冰川来到城门前。紧闭的城门被冰封着，托尔多次敲门也无人应答，只好用力推门。结果以他的神力，憋红了脸，门还是纹丝不动。托尔推门的手融化了门间的冰，他们便从门缝进了城。进门后，有一座冰雕的宫殿立在跟前。托尔带头昂然直入，毫不顾忌宫殿内两旁座位上的巨人，直接向宝座上的巨人国王罗契走去，不卑不亢地致以问候。但罗契态度傲慢，既不回礼，也不答话，甚至不拿正眼看他们，隔了半晌，才拍了拍手算是向他们致意，并冷淡地说："你们的来意和路上的经过不用说了，我也不想听。"他轻轻地看了一眼托尔，道："拿锤子的红胡子是雷神托尔吧？还好没我想象得那么虚弱。"这时，备受冷落的洛基忍不住高声嚷道："天下哪有贵国这样的待客之道？让远道而来的客人饿着肚子站在这里，也不准备点吃的。我其他本事没有，就是很能吃，而且吃得很快。你们中有没有人要跟我来一场大胃王对决呀？"

"哦？爽快！不图开开眼，也图开开胃！"罗契马上让手下准备比赛事宜，并叫城中食量最大的罗尔出来应战。

片刻后，罗契的仆人抬了一具很长的食槽出来，并在其中堆满了食物。洛基和罗尔分别在食槽的两头开吃，然后在中间碰头。吃得多，吃得快，就获胜。洛基和罗尔俯下身开始狼吞虎咽。他们就像两个吸尘器，迅速清空了眼前的食物，最后在食槽正中间碰了头。表面上看，他们平分秋色，但仔细一看，洛基虽吃光了食槽中的食物，但留下了肉中的骨头；而罗尔不仅连骨带肉吃完，而且将食槽中的汁水，甚至食槽本身都吃下了肚。无可否认，洛基稍逊一筹。"真是娇生惯养者中吃得最快的人！"罗契一句话让洛基无地自容。

获胜的罗契对着瑟亚非一努嘴："这个小鬼有没有特殊才艺要表演一下呀？"瑟亚非吸食了神羊骨髓后，脚力敏捷，矫健无比，便扬声答道："我是雷神的实习仆役，只是腿脚灵便而已，不知可否值得一比？""哦？原来也是个追求速度的人。我倒想看看你有多快。"罗契站起来带大家走出城门，来到那片广袤无垠的冰原上。他招来一个尚未成年的小巨人胡基跟瑟亚非比赛："你们两个比一比谁能最快从城门跑到冰原尽头。"可是当瑟亚非跑到冰原尽头时，胡基早已打了个来回。

罗契冲托尔道："阁下扬名天下，在神界也算是尽领风骚的天之骄子。有没有什么奇能异技证明阁下并非浪得虚名啊?"托尔虽然脾气火暴刚烈,但却不爱在人面前自我夸耀。面对狂妄嚣张的罗契,他淡然笑道:"所谓的天之骄子之名,不是靠炫技所得,而是以保卫自己的家园和信徒为职责,哪怕是遭遇失败,我都不会忘记这一初衷。在下远道而来,干渴难耐,可否借堡中杯子痛饮一番哪?"托尔的一番话让罗契心生几分敬意,他叫人拿了一只盛满酒水的牛角杯递给托尔。托尔接过牛角杯仰头就喝,但杯中的酒居然源源不断地流入他口中。托尔只得停下来,端平酒杯,看自己喝了多少。他一看之下不禁奇怪,杯中的液面居然只下降了不到一厘米。这时罗契笑道:"阿瑟诸神中最善饮的托尔居然连一杯酒也喝不完。第二口应该能一饮而尽了吧?"托尔不理会罗契的冷嘲热讽,他知道不能

意气用事，就将酒杯还回去，他心想如果巨人们真的这样强大，以他们的野心为何还会老老实实地待在这天寒地冻的北极圈内受苦？不是早就造反了？

在估计巨人们可能都是纸老虎后，托尔决定展现自己的实力了，他撸起袖子："阁下还想从我这里见识什么？指个方向便是。"罗契笑道："好！爽快！既然你没我们高，我们就来玩一个小个子玩的游戏。看你能不能将我养的大猫提离地面。"正说着，一只灰色的大猫窜到了托尔脚边。托尔将手放到猫肚子下，准备将它托离地面。但这猫顺着托尔使力的方向把背往上弓。托尔手举多高，猫就把腰弓多高，托尔使尽全力也只让它一只脚抬了一下。"看来你的力气和个子一样小。"罗契道。托尔怒道："谁敢跟我在角力上一决高下？""哈哈，角力？"罗契大笑，"别说我欺负你个小力薄哇。我给你安排一个跟你实力差不多的对手。如果你能胜过我的奶妈，我们还是尊你为英雄。"

罗契让人请出了自己的奶妈，并提醒托尔："别看她老态龙钟[1]，我可亲眼见过她把很多年轻力壮的小伙子给摔趴下了。"托尔用手搂着对手的腰，想把她摔倒。但无论托尔怎么使力，都无法让沉如泰山的老奶妈移动丝毫。而老奶妈一发力，托尔用尽全身力量都无法抗拒。他死命扛住，不让对方摔倒他，这时罗契过来将二人分开道："不要再比试了，不然吃亏的是你。现在天色已晚，不妨在这里用些酒菜，稍事休息。明日礼送诸位出境。至于以后大家是敌是友，再说吧。"

于是罗契下令大设宴席，大家摒除了种族和信仰，饮酒作乐，

微词典　①老态龙钟：形容年老体弱，行动不灵便的样子。

宾主皆尽兴而散。翌日一早，托尔一行向罗契辞别，准备返回阿斯加德。临行前，罗契问托尔："你们在路上有没有碰到奇异事?""此次拜访，扫尽了颜面，但也算是开了不少眼界。"托尔从来都是直言不讳，"虽然我知道你们很强，但我并不会就此怕了你们。如果双方交战，莫因为我身形小而轻视我，我绝对不会心慈手软，到时候你们会付出沉重的代价。"

罗契沉吟半晌后，决心向这位敌人透露所有不为外界所知的秘密："诸位不会再故地重游。既然无缘再会，我也无须隐瞒真相了。实不相瞒，在下认为阁下的神勇和法力举世无双。而我们不过是靠遮人耳目的障眼法在较技中侥幸占得上风而已。你们到达我国边境时，我就知道了你们的来意。于是我使用了障眼法，让你们在黑森林中与我的化身，也就是斯克米尼亚相遇。从那之后，你们就一直陷于我的法术中，只不过你们不知道罢了。

"首先我用法术封住了行李之口让你们无法解开。后来你挥动巨锤砸了我三次，要真是砸在我头上，我定会命丧当场。好在我动用了乾坤大挪移之术，将巨锤击打之力转移到其他地方，才得以保全性命。如果你们沿原路返回，定会看到当日宿营处一块巨石上的三个坑。

"你们在我城堡中较技，我同样以障眼法来取胜。第一场比赛，洛基吃食狼吞虎咽，我乔森海姆举国上下真没有谁的进食速度能超过他。但跟他比赛的罗尔非普通巨人，而是玉石俱焚的野火。所以他不仅能连骨带肉一起吞食，连食槽也一并吃下了。

"第二场与瑟亚非比试脚力的是胡基，即思想。一念之间，思绪可飞越千山万水。世间有什么东西的速度能快过思绪呢?

"第三场比赛，你手中的牛角杯看似普通，但它的角尖连着大海。杯中之酒其实就是海水，所以是不可能喝完的。而你到了海边就会发现，在你喝了三口后，连海平面都下降了十厘米。这样的海量着实举世无双。

"而第四次你所举之猫更是非同小可，它的脚下连着盘踞海底、环绕大地的伊门格尔大蛇。而你竟能将猫的一只脚抬离地面，与它相连的大蛇几乎被拖出了海面。如果这猫四脚腾空，大蛇也会随之被扯出，到时候整个大地都会坍塌，我们所有人都会遭受灭顶之灾。

"最后一场，与你比试角力的老奶妈是衰老。衰老是世间万物都无法抵抗的。所以你无法绊倒它，但衰老也只能让你单膝着地。你顽强的生命力会让你强于其他人。

"好了，我要说的都说完了。送君千里，终有一别。今后你们神族也不要来我们巨人的领地了。互不打扰。对大家都是幸事。"

托尔听了这些话，再也无法忍受自己被愚弄的事实。他正要对罗契用出战锤，对方却消失了。托尔马上折返乌特加德堡，却见冰原上空空如也，之前的城堡显然只是一个假象。自此以后，托尔再也不敢轻视巨人了。霜巨人也不敢冒犯神界和由神界保护的人间。两界保持和平状态，相安无事多年。

弗雷尔求娶吉尔达

　　丰饶之神弗雷尔并不属于阿瑟神族，他是瓦纳斯神族的后裔，因为弗雷尔的父亲尼尔德是瓦纳斯神族的成员，而他自己也是出生在伐纳海姆的，但是这一切并不影响弗雷尔拥有高贵的地位。

　　当初按照约定，他和家人一起来到了阿斯加德，作为瓦纳斯神族献给阿瑟神族的人质。所有的天神都被弗雷尔英俊的外表和爽朗的性格征服。天神们把很多美好的东西都赐给了他。首先，是一把无敌的、代表胜利的神剑，弗雷尔经常拿着这把神剑与霜巨人战斗。其次，是居住在地下的黑侏儒的礼物，那是一头闪闪发光的金毛野猪，名叫古林布尔斯提。这头野猪象征着农业的丰收，也代表了无限灿烂的阳光。

　　丰饶之神弗雷尔的妻子名叫吉尔达。她既不是阿瑟神族的成员，也不是瓦纳斯神族的后裔，而是可怕的霜巨人盖密尔的女儿。丰饶之神是怎么爱上这位吉尔达的呢？霜巨人又怎么会嫁给阿瑟神族的朋友呢？

　　由于弗雷尔生性活泼开朗，而且相貌俊美，所以很快就得到了阿瑟诸神的认同。奥丁更是对他宠爱有加，甚至超过了对自己儿子的喜爱。

这天，弗雷尔在奥丁的宫殿中陪着他聊天。突然，弗雷尔提出了一个问题："奥丁神！我听人说如果坐上您的宝座，那么就可以看到很远很远的地方，是这个样子吗？"

奥丁神笑了笑，说："是的！一切和你听到的都是一样的！"

弗雷尔接着说："那我能不能坐一下呢？我实在是很想试试！"

如果这话是从别人口中说出，准会遭到一顿严厉的训斥，因为那个宝座除了众神之王奥丁和众神之后芙莉嘉以外，任何人都不能坐。可是这次奥丁居然答应了弗雷尔的请求。

弗雷尔坐上了奥丁的宝座，被眼前出现的奇妙景象吸引住了。那是东方，那是西方，那是南方，天哪！原来有那么多美丽的地方，自己都不知道！当弗雷尔要往北方望去时，他犹豫了一下，因为那里是霜巨人居住的地方。不过，在好奇心的驱使下，弗雷尔还是向北方望去。辽阔的北方一片荒凉的景象，到处都被冰霜覆盖。弗雷尔心想："这个地方太荒凉了，根本不好玩，还不如不看呢！"

正当他要从宝座上下来时，突然愣住了。弗雷尔的心跳得越来越厉害，脸红得像一个红苹果，他想："我以奥丁神的长矛起誓，我从来没有见过这么漂亮的女孩！她的眼睛像大海一样清澈，她的头发闪烁着太阳般的光芒，她那魅力四射的青春气息简直可以融化掉北方所有的冰川。这个女孩子是谁？我一定要娶她为妻。"

可是，他的美梦很快就破灭了。这位美丽的女孩居然是阿瑟神族的死敌霜巨人盖密尔的女儿。他知道，不管是神族还是霜巨人，都不会同意这桩婚事的。弗雷尔垂头丧气地走出了奥丁神的宫殿。

从那以后，丰饶之神弗雷尔患上了相思病，他每天都坐在窗前发呆，面容也越来越憔悴。尼尔德看到儿子如此憔悴非常担心，于

是就派出使者史基东尼尔前去询问。

起初，弗雷尔不愿意说出实情，但是史基东尼尔一再坚持。没办法，弗雷尔只得告诉他自己喜欢上了霜巨人盖密尔的女儿吉尔达。史基东尼尔想了想，然后对弗雷尔说："主人！请您不要伤心，我愿意为您解除相思之苦！"

弗雷尔眼睛一亮，马上说："真的？史基东尼尔，太谢谢你了！你要怎么帮我呢？"

史基东尼尔说："其实您不用担心神族那边，他们会理解您的！现在难办的是霜巨人那边，必须得到他们的同意。要想办成此事，您必须要借给我几样东西。"

弗雷尔说："说吧！你需要什么，只要我有的都可以给你！"

史基东尼尔说："首先，要把您的马借给我，因为那样我才能尽快赶到盖密尔的家；其次，您要把您的宝剑借给我，因为如果她不同意我就用宝剑吓唬她；再者，我要带上您在泉水中的倒影，因为那样才算是相亲；最后，我需要您的十一颗金苹果和聚金指环德罗普尼尔，作为提亲的彩礼。怎么样？您答应我的条件吗？"

为了能够娶吉尔达为妻，弗雷尔答应了史基东尼尔的所有要求。就这样，史基东尼尔骑着马，持着剑，怀中揣着弗雷尔的影子和彩礼，来到了霜巨人盖密尔的家。

当得知史基东尼尔是来为瓦纳斯神族的丰饶之神弗雷尔提亲时，吉尔达说："你是不是脑子不清醒了！我是霜巨人的女儿，怎么可能会嫁给神族呢？那个弗雷尔真是太异想天开了，怎么会有这样的想法？你别费力气了，我是不会嫁给他的！"

史基东尼尔马上拿出了弗雷尔的影子和彩礼，希望能够打动吉尔达。没想到吉尔达连看都不看一眼，非常坚决地说："我说过了，请不要白费力气，我是不会嫁给他的。"

史基东尼尔见此计不成，就拿出了弗雷尔的神剑，恶狠狠地对吉尔达说："看到没有，这是一把威力无穷的神剑，能杀死所有的人。如果你不答应，我将会砍下你的头。"

本来史基东尼尔只是想吓吓吉尔达。可不想她不吃这套，反而更加强硬地说："就算你杀死我，我也不会答应的。"

看来只有使出最后的杀手锏了，史基东尼尔举起了魔杖，对吉尔达说："如果你再不答应，我就在你的身上施下魔法，要么嫁给弗雷尔，要么就嫁给一个又老又丑的霜巨人，否则你将独守闺房。"

这下可把吉尔达吓坏了。没办法，她只好选择同意与弗雷尔成亲。听到消息的弗雷尔简直高兴极了，为了感谢史基东尼尔，把自己随身的宝剑赐给了他。

守护神海姆达尔

守护神海姆达尔是阿斯加德的唯一出入口——彩虹桥碧芙斯特的守护者。

为了让海姆达尔成为最好的守护神，众神给了他鹰的眼睛、狼的耳朵。他那具有夜视功能的眼睛可以在黑夜里看到千里之外的物体。他那听觉极其敏锐的耳朵可以听到小草生长的声音。即便在值夜班时，他也如牧羊犬一般警觉，没有谁能在他睡觉时悄无声息地从他身边溜过。

海姆达尔的武器是一把削铁如泥、吹毛利刃的快刀。他还有一只弯如新月的号角，一旦有突发情况，他就会吹响这只可响彻天地冥三界的号角以示警。

在洛基还位列阿瑟十二位正神，尚未被逐出天界时，海姆达尔和他关系就很紧张，因为洛基经常干一些偷鸡摸狗的龌龊之事，但又时常被海姆达尔察觉举报，甚至被抓个现行。

一天夜里，洛基潜行到了芙莉嘉的卧室，趁其熟睡时偷了她的金项链，却正好被海姆达尔看到，他立刻前去捉拿。海姆达尔一路和洛基变形斗法，而且他为了表示对洛基的不满并在法术上压倒洛基，总是变成跟洛基一样的东西。洛基变成狼逃窜，海姆达尔也变成狼紧追其后，最后还几乎咬住洛基的尾巴。洛基见状又变成海豹跳入海中逃跑，海姆达尔也变成海豹下水。后来，他终于将洛基擒住，替芙莉嘉索回了失窃的金项链。洛基因此极为怨恨海姆达尔。所以后来诸神的黄昏时，洛基逃出监牢后就杀入阿斯加德，一上来就跟海姆达尔搏命厮杀，最后他们同归于尽。

关于海姆达尔最有名的就是他化名为吕格尔，到人间将世人划分为奴仆、自由农民和贵族统治者三个阶层的故事。

海姆达尔在人间微服私访，他在寻找划分为下等阶层的人选。这一天，海姆达尔在海边见到一间破茅屋，便进去拜访。茅屋里住着一对名为埃依和艾达的老夫妻。海姆达尔自称吕格尔，以投宿为名在这户人家家中住了三天。尽管这对夫妻穿着十分寒酸，过着在温饱线上徘徊的日子，但他们还是热情地接待了吕格尔。埃依的妻子艾达奉上了一条又厚又硬的粗面包和一碗肉，请吕格尔享用。那面包生涩无味，吃上去就像在啃木头，肉也是用清水草草煮熟的，但这已是这对夫妻最好的食物、最高规格的招待了。

吕格尔在三天中教给了夫妻俩很多生活常识。后来，这对老夫妻生下了一个男孩。在第一次给孩子沐浴的时候，艾达为他取名叫索拉尔[1]。索拉尔是一个非常壮实的孩子，有一头黑色的头发和一双呆滞的眼睛。他面容丑陋、粗手大脚，皮肤粗糙如革。他成人后有使不完的力气，每天日出而作，日落而息，把大捆的柴火扛回家中，是个非常勤勉的人。

有一天，一个名叫西瑞的健壮姑娘来到了索拉尔家中，这姑娘跟索拉尔一样难看。西瑞一脚泥污，大大咧咧地坐在索拉尔的屋子当

🌸 小讲坛　①索拉尔：意为奴隶。

中。索拉尔一看，心里想，若我们结合后，说不定后代因为我们的
基因负负得正，变得好看起来了。于是，他们成了夫妻，但遗憾的
是，索拉尔的设想没有出现，他们生下了许多粗陋高大的孩子。后
来，他们一家人都靠替别人做仆役为生。

　　划分了下等阶层后，海姆达尔继续在人间游历。一天，他投宿
在一片农场边的小康之家。这户人家也是一对夫妻，男主人叫阿菲，
女主人叫阿玛。海姆达尔到访的时候，夫妻两人正忙于工作，丈夫
在把木条削成纱锭，妻子则在纺纱编织。他们见到化名为吕格尔的
海姆达尔后也请他坐在屋子中央，用他们最好的食物热情地招待他。
同样，海姆达尔也在这儿住了三天并教给他们实用知识。后来，阿玛生下一个名为卡尔①的男孩。男孩长大之后长于务农，耕种采摘样样精通。后来，一个衣裙上挂着钥匙、精明干练的姑娘司农爱上了勤快的卡尔，他们互相交换了戒指，建立了一个男耕女织的小康家庭。卡尔夫妻也生下了许多孩子，一家人以务农为生，并由此繁衍出了人类中的自由农夫阶层。

指定了中产阶层后，海姆达尔开始物色上等阶层的人选。他来到一座城堡，投宿于一家体面阔气、家境殷实的人家。主人夫妇名为法蒂尔和莫迪尔。海姆达尔见他们穿着甚有品位，认定他们应该成为贵族，于是也在此住了三天，教授他们各种礼仪和治国之道。其间，他也受到了非常高规格的款待。就餐时，桌面上是精致的桌布和银质的餐具，食物也精美可口，还有用金杯斟上的美酒，一切都是国宴的规格。

过后，女主人生下一子，取名为杰阿尔②。杰阿尔长大后酷爱打猎和战争，而且通晓鲁纳符文。他后来闯荡世界，建功立业，四面出征，打下了无数的土地。他娶了一户贵族人家的女子艾娜为妻，生育了许多精于骑射的后代。他的后代都是伟大的战士，通过征战都成了国王和诸侯。他们这一家族后来成为北欧各城邦王室和贵族的始祖。

※ 小讲坛 ①卡尔：意为自由人，农夫。
②杰阿尔：意为公爵。

众神惩罚洛基

　　火神洛基，阿瑟诸神中最令人头疼的天神，喜欢恶作剧、捣蛋、制造麻烦，是一位具有善恶双重性格的天神。他的出现总是会和各种各样的麻烦联系在一起。不过，那时的洛基还只是顽皮，很多过错也是无心之失。直到光明之神博德死后，火神洛基变成了一个不折不扣的恶神。

　　由于洛基从中作梗，光明之神博德再也不能返回阿斯加德了，所有天神都因为博德的离去而感到伤心。海神尼尔德也知道了这件事情，虽然他平时和阿瑟诸神的关系并不是非常好，但是看到这种情景，他也十分难过。为了让诸神尽快从悲痛中走出来，尼尔德在自己的海底宫殿中举办了一场丰盛的宴会，邀请了所有的阿瑟天神。

　　宴会在欢乐的气氛中开始了，这多多少少减轻了大家对博德的思念。突然，大家发现有一个影子在他们前后左右来回地晃动，定睛一看，原来是火神洛基。洛基的出现，重新勾起了天神们对博德的思念。

　　天神们很生气，大声斥责洛基，说他是一个"不义的天神"。洛基被诸神的话激怒了："好了！你们骂够了没有，如果再这样，我可不客气了！"

　　洛基的话激怒了天神，他们要求把他赶出宫殿，流放到森林中去。洛基也被惹火了，他咬牙切齿地说："既然这样，就别怪我无情了。"正在这时，海神尼尔德的奴仆、伺候天神进餐的美丽女传者费玛芬格过来为洛基倒酒。趁此机会，洛基对她痛下杀手，流血事件在宴会上发生了。

　　天神们被突发的事件惊呆了，继之而来的是更大的愤怒。他们愤怒地叫嚷着："洛基！你这个混蛋，你看你都干了些什么？滚，马上滚出去，如果不滚的话你将会受到最严厉的惩罚！"

　　虽然洛基被赶走了，可费玛芬格也不能复活了。天神们都为这件事感到遗憾，本来挺高兴的宴会，如今又蒙上了一层凝重的气氛。突然，火神洛基又从宫殿外跑了进来。众神发现，洛基的眼神发生了变化，充满了邪恶的气息。

　　还没等众神开口，洛基就开始大骂。先是艺术美神布拉奇，然后是主神奥丁，总之所有在场的天神都被洛基骂了个遍，最后连众神之后芙莉嘉也没能躲过。洛基越骂越起劲，越骂越难听，气氛也越来越紧张。天神们一个个恨得不行，真想冲过去，让这个可恶的家伙永远闭上嘴巴。可是奥丁神说过，在阿瑟神族中是不允许发生流血事件的，因此大家也只能默默忍受。

　　这时，脾气暴躁的雷神托尔按捺①不住了。他跳了起来，手中高举着雷霆之锤，大声喊道："洛基！你给我听好了，我的脾气你是知道的。如果你再敢如此放肆的话，我一定会让你尝尝雷霆之锤的滋味。我才不管什么阿斯加德法律呢！相信你清楚，我是说到做到的。"

微词典　①按捺：向下压，多比喻控制情绪。

洛基傻了眼，知道眼前这位雷神什么事都做得出来，如果自己再骂下去，肯定没什么好下场。想到这，洛基头也不回地跑出了宫殿。

　　洛基心中很清楚，这件事绝不会这么简简单单地结束。自己已经没有重返阿斯加德的希望了，阿瑟诸神也绝不会放过自己。为了保险起见，洛基必须想一个万全之策，以便脱身。

　　他逃到了一座高高的大山上，并在那里建了一座四面有门的大房子。这四扇大门终日敞开着，为的是有朝一日天神追杀到这里时，方便自己逃走。不过，光有这四扇大门还是不够的，洛基还需要更周详的计划。他实地勘察了四周的环境，发现不远处有一条大河。于是洛基决定，如果众神追到这里，自己就变成鳜鱼，在河中藏身。但是，洛基转念一想，如果天神们发现自己变成了鳜鱼，一定会用渔网来捕捉自己的。为了万无一失，洛基决定自己先编一张渔网，把自己网住，然后再考虑如何从渔网中逃脱。

　　正当渔网制成一半时，洛基的噩梦来了。远远地，只见主神奥丁带领着托尔和克瓦希尔正怒气冲冲地朝着洛基的房子赶来。火神知道再不逃跑就会有大麻烦了，于是他把那张半成品渔网丢进火里，自己变成鳜鱼躲在了大河之中。

　　奥丁、托尔和克瓦希尔闯进了房子里，找了一圈也没有发现洛基的影子。这时，克瓦希尔在火中发现了那张渔网。聪明的他很快就明白了，对奥丁和托尔说："看！这是什么？渔网！洛基这个家伙一定躲在河里。"

　　于是他们一起来到河边，开始寻找洛基。可是狡猾的洛基此时正藏在河底的一块大石头下，因此很难被发现。克瓦希尔又想到了一个办法，说道："没关系，我知道他躲在什么地方！我们在下游放上一张巨大的渔网，然后慢慢向上游拉！在拉渔网的过程中，逐渐地清理掉河里的大石头。那样的话，洛基就跑不了了!"

这个方法果然奏效，洛基很快就沉不住气了。他不能坐以待毙，必须马上想办法逃脱。于是，他使出全身的力气，想要跳出渔网。前两次都没能成功，第三次他跳得很高，几乎就要看见胜利的曙光了。突然，洛基觉得浑身一紧，抬头一看，原来托尔的大手已经把他牢牢抓紧，正面带微笑地看着他。

洛基受到了应有的惩罚，他被众神囚禁在了地下洞穴之中。

祸不单行，洛基的死对头女巨人斯卡蒂也趁机报复。她把一条毒蛇绑在了洛基头顶的岩石上，让毒液滴在他的脸上。要不是有洛基的妻子希格恩用盘子接住毒液，洛基恐怕早就和他的女儿赫尔团圆去了。当盘中的毒液滴满时，希格恩就会把它倒掉。火神洛基就会因为毒液的侵蚀而不停地抖动自己的身体，发出巨大的惨叫，这时世界上就发生了令人心惊胆寒的地震。

 阅读小练笔

扫一扫，查答案

一、选择题。

1. 伊米尔的 （   ）作为海洋。

  A. 血液   B. 汗水

  C. 躯体   D. 胡须

2. 伊米尔靠吸食奥德姆布拉的 （   ）为生。

  A. 血液   B. 乳汁

  C. 汗水   D. 泪水

3. 诸神特地选派热情奔放的女神 （   ）驾驭太阳车。

  A. 曼尼   B. 诺蒂

  C. 海拉   D. 苏尔

4. 驾驭黑色霜马车的是谁？ （   ）

  A. 苏尔   B. 曼尼

  C. 诺蒂   D. 芙莉嘉

5. 人类的保护神是 （   ），掌管人类的知识、智慧、诗歌、历史等各种事务。

  A. 阿瑟诸神   B. 主神奥丁

  C. 战神铁尔   D. 光明之神博德

6. 彩虹桥碧芙斯特的守卫是 （   ）

  A. 雷神托尔   B. 战神铁尔

  C. 丰饶之神弗雷尔   D. 守护神海姆达尔

二、填空题。

1. 火巨人苏尔铁尔镇守于_____。

2. 生活在穆斯贝尔海姆的巨型母牛奥德姆布拉靠舔食寒冰下的_____过活。

3. 阿瑟诸神取来_____造成男人，_____造成女人。

4. 封神榜活动中，主神奥丁分封了_____位正神，其中守护神是_____，音乐诗歌之神是_____，森林之神

是_____。

5. 丰饶之神是_____，他的妻子是_____。

6. 阿瑟诸神中最令人头疼的天神是_____，喜欢恶作剧、捣蛋、制造麻烦，天神们斥责他是一个"_____"，是因为光明之神的离去。

7. 海姆达尔最有名的就是他化名为_____，到人间将世人划分为_____、_____和_____三个阶层的故事。

三、判断下列说法是否正确，正确的画"√"，错误的画"×"。

1. 雷神托尔在诸神中虽然不是最威武勇猛的，但是他宽宏大量，不拘小节。
（　　）

2. 火神洛基极具正义感和责任感，保持诚恳实在的生活态度，整天忙于和霜巨人交战和保护人类。
（　　）

3. 洛基虽然时常耍奸使诈作弄神魔，但却很少对凡人搞过恶作剧，因为他宅心仁厚。
（　　）

4. 奥丁将神酒分发给众神和人类中的智者享用，于是便有了很多才华横溢、出口成章的诗人。
（　　）

5. 弗雷尔并不属于阿瑟神族，他是瓦纳斯神族的后裔。
（　　）

6. 洛基被众神囚禁在了地下洞穴之中，捆绑他的锁链是用他的女儿赫尔的内脏做成的。
（　　）

四、简答题。

1. 霜巨人之祖是怎样诞生的？

_____

_____

2. 谈谈北欧神话中你最喜欢的人物。

_____

_____

_____

埃及神话

阅读小贴士：

埃及位于非洲东北部的尼罗河下游，地处地中海南面的平原地带，埃及是世界上文明起源最早的国家之一，也是非洲最早开化的国家，非洲的神话传说主要以埃及神话传说为主。埃及神话不仅仅是叙述英雄与诸神事迹的故事集，而且提供了一种让人们了解世界的方式。埃及神话故事始终存在于人们的生活之中，它每天都在发生，无休止地重复着创造、毁灭和重生的循环，并卷入到诸神与人类的互动之网中。

法罗创世

最早的世界是看不见也摸不着的，没有任何可以称得上物质的东西存在，只是一个不停运动的空洞。那时世界的名字叫作格拉。

格拉经过几亿年的运动后，生下了一个能发声的物质，名叫双体。双体自身又经过不断的运动，然后一分为二，变成了一对格拉格拉。之后，又过了很长时间，格拉格拉又生下了一个名叫佐苏马莱[1]的物质，这是世界上第一个实体的东西。

佐苏马莱不停地运动，来回在两个格拉间摩擦，最后发生了巨大的爆炸，一种坚硬无比的特殊物质从爆炸中产生。伴随着剧烈的震荡，这种物质在世界中不停地降落。突然，物质中间出现一条很大的缝隙，一种意识从中分裂出来。这种意识在世界中飘荡，最后移到了一种具有灵性的物体上，使它具有了自我意识。最后，世界中出现了第一位天神——约神和他的二十二个螺旋。

当螺旋围绕着约神旋转时，世界产生出了根本的物质，包括声音、光线、行为、感觉等。之后，约神又从自身生出两位天神——佩姆巴和法罗。

小讲坛 ①佐苏马莱：凉的锈铁块。

佩姆巴比法罗早些诞生。经过七年不间断地旋转，佩姆巴把自己变成一颗神奇的种子落在了地上，然后长成一棵参天大树。为了能够在大地生活得更好，佩姆巴还特意给自己取了一个新名字——巴兰扎。巴兰扎按照自己的意愿开了花，结了果。熟透了的果子从树上掉了下来，埋住了巴兰扎的根，大树因为得不到应有的养分而枯死，只留下一棵光秃秃的树干。

佩姆巴只得用这棵树干做自己的化身。后来，佩姆巴用泥土创造出了世界上第一个女人——穆索·科罗妮·昆迪耶，并娶她为妻。在妻子的帮助下，佩姆巴获得了新生，重新变成了大树巴兰扎。

法罗的长相很像鱼，他降落到了尼日尔河里，做了水神，掌管世界上所有的水域。为了把大地和天空隔开，法罗在天地间创造了七层大地。后来，他生下了一个儿子名叫泰利科，并让他成为掌管空气的天神。

泰利科的身影遍及世界，他把自己化成水降落到大地上，为地上的生物送去生命的源泉。他巡视世界，发现有很多地方是没有物质的。于是，泰利科又把许许多多的水注入空虚之处，从此世界上就有了江河湖海。

法罗发挥从约神那里继承来的神力，使自己的身体产生巨大的震动，生出了一对孪生子，并使大地长出青草和蝎子，让它们保护新生的孩子。而这对孪生子就是人类的祖先。之后，法罗又变出两条鱼，一条用来引导水流入特定的领域；另一条则作为自己和孩子的坐骑，每天驮着他们来往于陆地和海洋之间。为了让世界更加丰富多彩，法罗还创造出许多具有生命的东西，那就是我们今天看到的各种鱼类和爬行动物。

当法罗认为自己的创造工作已经完成得差不多的时候，就把那对孪生子留在地上繁衍后代，自己则回到天界中居住。因为法罗是人类的创造者，所以人们对法罗非常崇拜，无意间忽视了巴兰扎。

巴兰扎觉得自己的尊严受到了挑战，心中气愤不已，便盘算着如何报复法罗。

有一天，法罗的一个后人来到了巴兰扎的面前，被这棵充满神奇生命力的大树吸引了。他马上判断出这是一棵神树，对它非常崇拜。

巴兰扎见时机已到，立刻展开蓄谋已久的计划。巴兰扎对法罗的后人说："我会赐福给你们人类的！你们现在的生活实在是太野蛮了！因为你们不懂得如何运用火来烤食物，要知道只有懂得怎么运用火才能算得上是真正的人类。"随后，巴兰扎就把击石取火的技术教给了他。

这个人回到部落后，把自己的神奇经历告诉了其他人。大家一致认为应该对神树表示感谢，于是一起来到巴兰扎面前，对它进行膜拜。巴兰扎见人们已经对自己产生了信任，就说："人类呀！你们从我这里学会了如何使用火，那么就应该为我献上祭品，只有那样才能获得更多的赐福。"

人类答应了巴兰扎的要求，给它送来了最好的坚果油。可是，巴兰扎对人类的祭品不屑一顾，坚持要人类以活人的鲜血来献祭。为了让人类甘心献上自己的鲜血，巴兰扎还许诺，它愿意保佑人类拥有无限的生命。人类答应了巴兰扎的要求，当然也从它那里获得了不老的生命。

虽然长生不老是人类一直追求的梦想，可是如果真的人人都能长生不老，那么世界将变得非常可怕。由于没有人死去，人口数量急速上升，大地承受不了如此沉重的负担，历史上最大的饥荒爆发了。土地所产的粮食根本满足不了人类的需要，每个人所分到的粮食还不够塞牙缝。再加上要不时地给巴兰扎献血祭，人类的生活痛苦不堪。

法罗看到自己的后代遭受如此深重的磨难，非常伤心。为了把人类从水深火热中拯救出来，法罗与巴兰扎展开了一场较量。最后巴兰扎成了失败者。

法罗首先要解决的就是饥饿问题，他指导人类吃野生的西红柿，因为它能补充人体内的血液。可是人类看着那些鲜红的果子很害怕，没有人敢去尝试。后来一名胆大的妇女吃下了七颗西红柿。人们见她并没有什么异常，这才效仿起来。

法罗决定以这个妇女作为母体，创造出新一代的人类。他从这个妇女身体中取出七粒种子，然后把这些种子扔到了河水中，使饮过河水的妇女都怀孕了。法罗又把八粒粮食种子撒向人间，还教会人类种植的技巧。就这样，新一代的人类开始在大地上繁衍。

至于战败的巴兰扎，则躲在暗处偷偷地给人类施下了可怕的诅咒。从那以后，人类再也不能长生不老，死亡变成了每个人都必须面对的事情。

伊西斯女神的阴谋

伊西斯女神是最高天神拉神的女儿，她是一个野心勃勃的女神。虽然伊西斯有着"一人之下，万人之上"的地位，但是她并不满足。

"是呀！为什么我就不能拥有和父亲一样的地位和权力呢？我是拉神的女儿，他有的一切我也都应该拥有。我应该是宇宙中最伟大的女神。"伊西斯心中经常这样想。在这种想法的驱使下，伊西斯虽然表面上对拉神毕恭毕敬，但是心中却在盘算着如何夺取他的权力。

伊西斯知道拉神的一个秘密，那就是虽然拉神有几百个名字，可是只有一个名字代表着至高无上的权力。如果谁从拉神那里得到了这个名字，谁就会拥有拉神的力量和地位。长久以来，拉神对这个秘密一直守口如瓶，不管伊西斯怎么花言巧语，拉神就是不肯透露。

一万年过去了，拉神虽然每天依旧巡游大地，可是他的身体已经渐渐衰老。伊西斯觉得，她盼望已久的时机终于到来了，如果现在不下手的话，恐怕就会被别人抢先。于是，她心里盘算着如何逼拉神说出秘密来。终于，伊西斯想出了一条狠毒的妙计。

这一天，拉神像往常一样，带着他的随从自东方升起，向西方游去。当他走到一半的路程时，天空中突然出现了一条巨大的毒蛇，张着血盆大口向拉神扑来。拉神根本没有任何思想准备，毒蛇咬住了拉神的胳膊，把全身的毒液注入了他那衰弱的身体内。拉神倒下了，发出了凄厉的惨叫声。这一切来得太突然了，所有的天神都惊呆了，一个个吓得魂不守舍，赶紧把拉神抬回宫殿。

就在所有天神都为拉神的安危担心的时候，伊西斯女神却在暗地里偷笑。原来这一切都是她搞的鬼。她昼夜不停地跟在拉神的后面，拉神走到哪里，她就跟到哪里。伊西斯在一旁观察着，等待着，希望拉神自己犯下致命的错误。

由于拉神年老体衰，因此口水时常从他的嘴里流出来。伊西斯看准了拉神口水掉落的地方，然后飞快地跑过去，抓起了一团带有口水的泥土。伊西斯如获至宝似的捧着那团泥土，脸上露出了诡异的笑容。她用手指轻轻地在泥土中搅拌，使拉神的口水与泥土充分地融合。然后她取出一块最好的泥土，把它捏成了一条毒蛇的形状。虽然伊西斯没有对泥蛇施加任何魔法，但是由于它含有拉神的口水，所以立刻就活了，而且体内还带着很多毒液。伊西斯偷偷地把毒蛇放在拉神每天的必经之路……

这就是整件事的来龙去脉。

此时拉神已经奄奄一息，天神们围在拉神的旁边用关切的眼光注视着众神之父。拉神醒了，睁开了那双疲惫的双眼，嘴中发出了轻微的声音："我的孩子们！我不知道发生了什么事，要知道，世间的万物都是我创造的，都是我赋予他们生命的。可是我并没有创造出蛇这种可怕的东西，你们中间有谁背着我创造了蛇呢？"

众神听了非常害怕，赶忙解释说："最伟大的拉神、最威严的父神、最受人崇拜的太阳神，我们都是您的孩子，也是您的仆人，您的意志就是我们的生命，我们怎么敢背着您去创造毒蛇呢？"

拉神痛苦地说：“我创造了世间万物，每天都赐予他们无限的光明和热量，所有的东西在我的照顾下茁壮成长。自从我创造天地以来，从来没有懈怠过！为什么要让我受如此大的痛苦呢？”

众神听后，赶忙说：“尊敬的拉神哪！我们相信您的痛苦很快就会消失的。”

拉神脸上露出了无奈的表情，说道：“不！我现在感觉体内好像着火了，这真是太痛苦了！我还不想死去，因为有很多事还需要我去做，请你们救救我吧！”

天神们不敢怠慢，马上去各个地方找来了神医。可是，没有一个人能够清除掉拉神体内的蛇毒。最后，天神们想起了被称为魔幻女神的伊西斯，认为如今只有她能救拉神了。如果连她都束手无策，恐怕真的是没有办法了。

天神们的请求正中伊西斯的下怀，她走到拉神的面前，假惺惺地说：“哦！我的父神，您怎么了？您告诉我，我会竭尽全力帮助您的！”

拉神也知道她很有本事，满怀希望地说：“我的女儿！快救救我吧！我在巡游的路上被一条毒蛇咬伤了！如今我觉得生不如死，请你帮我把体内的毒液清除掉吧！”

伊西斯点了点头，然后对众神说：“你们先出去吧！我需要安静！”伊西斯靠近了拉神，用一种带着威胁和挑衅的语气对拉神说：“我的父神，伟大的拉神，告诉我您的名字好吗？”

拉神从伊西斯的眼神中看出了她的阴谋，知道她这是趁火打劫。于是，他不露声色地说：“我有很多很多名字，比如海比尔、瓦拉尔、瓦土木……”“够了！”伊西斯打断了拉神的话，恶狠狠地咬着

牙说，"父神！我看您还是告诉我吧！您知道我要的是什么，如果没有您的那个名字，我的咒语是不能去除掉您体内的蛇毒的！您也不想再受它的煎熬了吧？"

　　无奈之下，拉神只得将自己的真名告诉了伊西斯。拉神体内的蛇毒被清除了，而伊西斯也如愿以偿，成了最强大的女神。

拉神退位

　　拉神，埃及神话中的太阳神，是埃及神话中地位最高的天神，被称为"众神之父"。

　　在最初的时候，拉神年轻力壮，头脑灵活，整个世界都被他治理得井井有条。天神、人类以及其他一切动物相处得都非常融洽，到处都是一片繁荣的景象。

　　拉神虽然拥有不死的生命，但是他的外表却会衰老。一万年过去后，拉神老了，他的头发已经变得很稀疏了，牙齿也已经脱落得差不多了，眼睛里也没有往日的光芒了。他佝偻着身体，步履蹒跚，口水还时不时地从嘴里流出来。

　　当人类看到这些情景时，内心的卑劣和自私开始作祟，渐渐地，他们不再像以前那样崇拜拉神了，甚至还嘲笑和讥讽拉神。

　　有的人说："你们看哪！我们的拉神怎么了？他现在已经是一个糟老头了！我觉得他根本没有能力来领导我们，因为他只不过是一个老糊涂罢了！"

　　另一个人也说："说得对呀！快看看这个老东西！他的牙齿间的缝隙可以塞进一条鱼，他的头发简直就像刚被烧过的草地，还有他的眼睛简直就是两个黑球，一点神采也没有。我们干吗还要听从这个家伙的统治？我们有智慧，完全可凭借自己的力量管理自己。"

所有狂妄、讥讽和嘲笑的话语都被拉神知道了，他的自尊心受到了伤害，他觉得人类的做法简直伤透了他的心。但是，拉神对人类还是很宠爱的，他决定再观察一阵，希望人类能够改过自新。

然而，人类再一次让拉神失望了，他们不但没有停止这种可恶的行为，反而变本加厉。终于有一天，当他巡游到天空的正中央时，又听到了人类对他的咒骂声。拉神积蓄已久的怒火终于爆发了，他对随从们说："你们全部都听着，我的孩子们！马上把天神召集到这里来，舒神、努特神、盖布神……我有一件很重要的事情要宣布！还愣着干什么？快点，马上去！"

随从们全都傻了眼，不知道拉神今天是怎么了。但是看到他如此愤怒，也不敢多说，马上执行了他的命令。一会儿的工夫，所有的天神都来了。他们面面相觑[1]，谁也不知道发生了什么事。在他们的记忆里，拉神还从来没有发过这么大的脾气。

拉神怒气冲冲地说："所有的天神们听好了，是我创造了你们，我是你们的父亲，也是你们的国王。你们应该尊敬我，崇拜我，不能对我有一点的亵渎。"

听到拉神的话，天神们一头雾水，胆战心惊地回答："我们的父亲，伟大的拉神！究竟怎么回事呢？我们一直都很尊敬您、崇拜您哪！我们从来没有过亵渎您的举动啊！我们不明白您说这些话是什么意思。"

拉神回答："是的，我知道你们一直做得都很好，我对你们的

微词典　①面面相觑：你看我，我看你，形容大家因惊惧而不知所措，互相望着，都不说话。

表现也是非常满意的！但是，那些比你们地位低微的人类，他们居然对我大为不敬，而且出言侮辱我！现在我决定给他们一个重重的惩罚！"

天神们终于知道拉神生气的原因了，他们也早就对人类的做法十分不满。这时，伟大的阿图姆神发表了自己的意见，说："伟大的太阳神哪！我们最最崇拜的拉神哪！您的想法是正确的，必须让人类知道，不尊敬天神是要受到惩罚的！我有个主意，您可以派您的女儿哈托尔女神前往人间，她知道如何惩戒人类！"

拉神知道哈托尔是个非常残暴的女神，他想了想，说："是的，哈托尔确实是很合适的人选，可是如果人类预先得知了消息，他们会逃走的。"

天神们知道，拉神这么说其实是在找借口，他不想让人类有灭顶之灾。于是，他们一起跪在拉神面前，用恳求的口吻说："万能的拉神哪！您怎么能如此心慈手软呢？人类已经无可救药了，您必须硬起心肠来，派您的女儿哈托尔女神前去。"

这时，哈托尔也走到拉神面前，说："父亲，请您派我前去吧！我一定会用人类的鲜血抚平您的创伤。"

拉神只好同意了天神们的请求。哈托尔兴高采烈地来到了人间，开始了对人类的惩罚。

人类迎来了最可怕的灾难，叫喊声、求救声响彻了整个大地，鲜血染红了大地。哈托尔兴奋极了，她还从没有杀得这么痛快过。她叫喊着，笑着，嘴中只有一句话："杀！杀！杀！把所有的人都杀光！"

拉神看到这种情景非常痛心，虽然人类以前那么对他，可是他不想看到人类毁在自己的手里。于是，他在天空大喊道："哈托尔，够了！人类已经受到了惩罚，不要再滥杀了！"

此时的哈托尔已经杀红了眼，哪里还听得进去，她对拉神说："父神哪！请您不要干预我了好吗？请您放心，我要把您交给我的任务完成。"

拉神只好开始帮助人类对付哈托尔。他教会人类酿造香甜的大麦酒，然后诱使哈托尔饮用。这样，人类这场灾难才结束了。人类终于反省了，知道以前的做法是愚蠢的。他们把那些辱骂拉神的人抓了起来，然后当着他的面处罚了他们。

经过这场变故，拉神也厌倦了做世界的主宰。他把天神们召集到一起，将自己的王位传给了儿子天神舒。然后，他骑在女儿努特的背上，和她一起来到了天界，定居在那里。

奥西里斯统治埃及

奥西里斯被选为人间的统治者，他正等待合适的时机降临人间。而在他降临之前，底比斯城中便已经传开了这个振奋人心的消息。消息是从一个叫作巴米里斯的水夫口中传出的，这个水夫并没有什么特别之处，他只是幸运地被神选作了传达信息的使者。

这一天，巴米里斯仍然像往常一样到井边打水。这不是一口普通的水井，它位于拉神庙中，每当人们祭拜完毕，都会捧起井中的水喝上几口。在当地人看来，这口井是万能的拉神赐给他们的，因此也是十分圣洁的。当巴米里斯来到井边的时候，忽然听到有人叫他的名字，可回头一看却什么人也没有。一开始他还以为是自己听错了。后来，声音越来越清晰，巴米里斯有些害怕。那声音并没有停止，很柔和地说："别害怕，巴米里斯，大地的主人奥西里斯就要诞生了，快将这个消息传给人们吧！"这时，巴米里斯才发现声音就来自神庙前的雕像。不过在说完这句话之后，神像就恢复了原状。

恐惧袭透了巴米里斯的全身，他迅速跑回家，连打水的皮囊都扔在了井边。回到家中，他还久久不能平静。妻子忙问他发生了什么事，他就将自己的离奇遭遇跟妻子说了一遍。房中的老父亲听到后，忙起身对巴米里斯说："儿，这是神的旨意，你快按照神的吩咐去做吧。"说完，老人便闭上了眼。巴米里斯忽然觉得不再害怕，而是全身充满了力量。他很快就行动起来，四处奔走向人们传达这个好消息，以这种方式迎接奥西里斯降临人间。

第一个见到奥西里斯的人是一位老祭司。当他看到在田间休息的奥西里斯和伊西斯时，马上就认出了他们。老祭司向他们施以大礼，并尊称他们为国王和王后。虽然当时埃及是有法老的，但他知道，奥西里斯才是埃及大地的真正主人。他以自己能成为第一个迎接奥西里斯的人而感到荣幸，并盛情邀请奥西里斯和伊西斯到他的家中做客。奥西里斯和伊西斯见老祭司已识破了他们的身份，就答应了他，但嘱咐他千万不能把他们的真实身份泄露出去。

人们对老祭司带回的这两个陌生人都感到十分好奇，因为他们从没见过如此高贵的男人和如此美丽的女人。当人们向老祭司询问这两位陌生人的来历时，老祭司一直守口如瓶，不肯泄露半句，只说是从这里经过的外乡人。因为奥西里斯和伊西斯出色的外表，人们认定他们非比寻常，所以都对他们非常尊敬。当人们遇到困难的时候，就会到老祭司家中找他们帮忙，而奥西里斯和伊西斯也总是热情地帮助他们解决各种困难，这让人们更加尊敬他们。奥西里斯指点人们农耕生产，伊西斯则帮人们解除疾病之苦。在人们心中，他们俨然神一样的人物。

当时，埃及大地已经有了统治者。当法老听说这两个陌生人的神奇传说以后很是嫉妒，他担心这两个陌生人的出现会削弱自己在人们心目中的地位。他决定亲自会会奥西里斯，看看这个人们口中的活神仙究竟有什么过人之处。当奥西里斯站在法老面前时，他顿时惊呆了，世界上竟有如此高贵俊美的男子，真让他有些自惭形秽①。法老出了一会儿神，马上又恢复了常态。就算在外表上输给对方，他也要在气势上赢回来。他故意表现出对奥西里斯的轻蔑，言辞中甚至不乏讽刺挖苦之词。但奥西里斯始终不卑不亢，让法老无可奈何。最后，法老希望奥西里斯能搬到宫里来住，奥西里斯答应了。

奥西里斯和伊西斯住进了王宫，他们教给宫里的工匠和巫师很多技艺本领，获得了宫中所有人的尊重。人们甚至觉得奥西里斯要比他们的法老强得多，法老只会对他们严词喝令，而奥西里斯却平易近人，而且法老也没有真才实学，奥西里斯才是真正具有大智慧的人。渐渐地，宫中形成了一种崇拜奥西里斯的风气，这让法老很是不安，他决定找机会灭灭奥西里斯的威风，为自己找回一些面子。

宫中有一个叫作胡泰布的军队首领，向来少言寡语，但与奥西里斯却十分亲热，有什么话都会跟奥西里斯说。此人对法老极为忠诚，尽心尽责地保卫着王宫的安全。但由于他性格耿直，不善于谄媚，平时也得罪了不少人。于是，朝中就有人一心想要除掉他，这些人开始在法老面前搬弄是非，谎称胡泰布意欲叛变，请法老治他的罪。法老正看胡泰布与奥西里斯太亲近不顺眼，眼下借此机会，恰好可以给其他试图亲近奥西里斯的人一个警戒。于是法老不问青红皂白②就将胡泰布拘押了起来。

虽然法老恨不得将胡泰布马上处死，但在宫中处死一个军队首领也不是小事，没经过公开审判是说不过去的，更何况还有奥西里斯的存在。法老将胡泰布的罪状一一罗列出来，问其是否认罪。胡

微词典　①自惭形秽：因为自己不如别人而感到惭愧。

②青红皂白：借指是非、情由等。

泰布义正词严地称自己无罪，所有的罪状不过是有人故意栽赃陷害。法老已经很不耐烦了，直接让卫队将胡泰布拉下去处死。这时，奥西里斯及时出面制止了卫队。法老更加气愤了，对着奥西里斯大叫，让他赶快退下，否则就将他一同处死。奥西里斯面不改色，要求法老做出公正的判决，否则他是绝对不会离开的。

法老彻底被激怒了，在自己的王宫中，奥西里斯竟然敢以这种口气跟自己说话，这让自己颜面何存？于是他拿起手中的长矛，刺向奥西里斯。奥西里斯连躲都没有躲，只对法老大叫了一声，法老便吓得瘫痪如泥，长矛也扔到了地上。此时的奥西里斯就像一个庄重威严的神，在场所有的人都看呆了。奥西里斯在警告了法老之后，便愤然离开了王宫。

胡泰布得救了，而法老则被吓出了一场大病。没过多久，法老便命归西天了。由于法老生前作恶多端，膝下并无一子，因此王位就被空置了下来。众人一致推举奥西里斯做他们的新国王，奥西里斯推辞不过，最终接受了王冠。从此，开始了奥西里斯统治埃及的伟大时期。

胡夫家族统治的结束

　　古埃及的法老们都很尊敬法力高强的魔法师，每一位法老都与当时的魔法师有着许多动人的故事。埃及最大金字塔的创建者胡夫法老也很痴迷于魔法，他生平最大的愿望就是找到智慧之神的《魔法书》，只可惜一直都未能如愿。就在胡夫以为这辈子都找不到自己梦寐以求的《魔法书》时，他的小儿子赫勒达迪夫王子为他带来了好消息。

　　赫勒达迪夫对胡夫说："尊敬的父王，看到您每日郁郁寡欢，我非常着急。我听说比勒悉尼鲁夫居住着一位一百一十岁高龄的魔法师，据说他的魔法已经到了登峰造极[1]的地步，不仅可以让割下头颅的动物死而复活，而且还能驯服一切凶猛的动物。更为重要的是，他知道您最想得到的东西的具体下落。"胡夫连忙打起了精神，问儿子："这位魔法师是谁？怎么以前从没听说。你说他知道我最想得到的东西的下落，难道他知道智慧之神的《魔法书》藏在哪里？"

　　赫勒达迪夫说："没错，他确实知道智慧之书的下落。他只是您的千万忠实的奴仆中的一个，他的名字叫作泰迪。"胡夫的脸上露出了久违的笑容，他兴奋地对儿子说："我亲爱的儿子，你为父亲带来了一个天大的好消息。现在我就命你到比勒悉尼鲁夫去寻找泰迪，到了那儿，你一定要礼貌地对待他，且一定要把他带到宫中来。"

"放心吧，父王！您就在宫中等着我的好消息吧！"说完，赫勒达迪夫就出发了。

到了比勒悉尼鲁夫，赫勒达迪夫王子见到了大魔法师泰迪。站在他眼前的是一位安详的老人，虽已一百一十岁高龄，但仍然步履轻盈、精神饱满。赫勒达迪夫礼貌地转达了胡夫法老的问候，并盛情邀请老人去面见胡夫法老。老人谦逊地说："请王子殿下稍候，待我收拾一下就随您同去。"泰迪带几个仆人跟随赫勒达迪夫王子上了路。几天几夜之后，他们平安抵达了王宫。

胡夫早就在王宫中等待他们的到来，听说魔法师就在殿外等候，忙叫人将其带了进来。胡夫法老恭敬地走下宝座亲自迎接泰迪，将泰迪带到了宝座一边落座。他想试试泰迪的本领，就对泰迪说："我听闻您可以让割掉头颅的动物死而复活，不知是否确有其事？"泰迪点点头。胡夫就命人带上来一只鹅，示意泰迪表演给他看。泰迪抓起鹅，用刀迅速砍下了鹅头。接着，他将鹅头和鹅身分别放在两边，便开始念起咒语。不一会儿，鹅头和鹅身开始慢慢地向彼此靠拢。当泰迪的咒语声停止时，鹅头和鹅身恰好走到了一起。只见鹅头一下跳到了鹅身上，随即这只鹅便扑打着翅膀离开了王宫。

众人看得目瞪口呆，胡夫法老也暗暗佩服泰迪的功力。可能是看得不过瘾，胡夫又命人送上了一只鸭子和一头牛，让泰迪继续表

演。泰迪的表演和之前一样精彩，获得了众人的阵阵掌声。

这下，胡夫彻底相信人们的传言，他命其他人退下，只留下泰迪一人，问泰迪："我也听闻您知晓智慧之神的《魔法书》的确切下落是吗？"泰迪诚实地答道："是的，我确实知道。"胡夫高兴地问："在什么地方？"

泰迪回答："在赫里尤布里斯神庙记录室下的地道里。"胡夫已经迫不及待了，说："那我如何才能找到地道的入口呢？"泰迪无奈地摇摇头："恐怕您无论如何也找不到。这世上只有一个人能够找到它，我多么希望那个人就是我，可惜不是。"

胡夫仿佛被人从山顶摔下了深渊，他失望地说："为什么会这样？那个能找到智慧之神的《魔法书》的人究竟是谁？"泰迪说："他是一位祭司的儿子。拉神让这位祭司的妻子生下三个男孩，并要让他们成为未来的统治者，而他们之中的老大将是国家的主人。"胡夫听说自己的江山将要被他人取代，不由得悲从中来。泰迪忙安

慰胡夫说："尊敬的陛下，请您不要担心。这一切都是命中注定的，他们不会马上取代您的位置，而是在您的孙子之后建立一个新的王朝。"

胡夫沉默了片刻，忽然抬起头来问泰迪："那个女人是谁，她什么时候生下那三个孩子？"泰迪掐指一算，对胡夫说："那个女人叫作莉第吉特，将在冬季第一个月的十五日生下三个孩子。"胡夫冷静而坚决地说："我绝不会让任何人来篡夺我的王朝，我必须找到那个女人，阻止威胁我王朝统治的事发生。"泰迪连忙劝告说："请不要做这些没有意义的事。那三个孩子是拉神创造的，他们的到来是不可避免的，朝代的更替也是不可扭转的。"无论泰迪怎样规劝，胡夫都不肯听。他已经下定了决心，必须在他生前为祖先辛苦创下的基业做些什么。

胡夫命人四处打听那个叫作莉第吉特的女人的下落，并下令将所有在冬季第一个月分娩的女人都集中到王宫里来。然而，他所做的一切都只是徒劳，该发生的终究还是会发生。莉第吉特躲过了胡夫的追捕，在冬季第一个月的十五日，她在神的帮助下顺利生下了三个男孩。胡夫一直也没能找到莉第吉特和她的三个孩子，直到他去世也未能找到。后来，魔法师泰迪的预言实现了，在胡夫的孙女赫尼特卡伍丝统治期间，三个孩子之中的老大推翻了女王的统治，并建立了古埃及历史上的第五王朝，彻底结束了胡夫家族的统治。

白何露斯①与黑何露斯的较量

埃及和埃塞俄比亚之间的战争曾爆发过无数次，而在双方的交战之中，胜利的天平大多都倾向了埃及一方。在吐特摩斯法老统治埃及期间，他又带领埃及人民与埃塞俄比亚进行了几场大战，且战战告捷。这边，吐特摩斯正在与埃及军民喜庆胜利；那边，埃塞俄比亚国王却愁眉不展。既然在战场上占不了上风，那么不妨采取一些特殊的手段。埃塞俄比亚国王想到了魔法，他可以用魔法制服埃及法老。于是，他开始下令在全国搜寻有智慧的魔法师，并将他们都集中到宫里来。

在埃塞俄比亚，最富有智慧的是一位叫作何露斯的魔法师。碰巧，在埃及，最伟大的魔法师也叫作何露斯，他就是冥王奥西里斯和伊西斯女神的儿子。两位魔法师一黑一白，人们为了区分他们，就将他们分别叫作黑何露斯和白何露斯。埃塞俄比亚广招魔法师的昭示一经颁布，黑何露斯就急急忙忙地赶往宫中。他知道，这是他施展才华、建立威名的大好时机，是绝对不能错过的。

黑何露斯的魔法果然技高一筹，埃塞俄比亚国王很快就决定重

※ 小讲坛　①何露斯：古埃及神话中法老的守护神，王权的象征，同时也是复仇之神。

136

用他。黑何露斯对国王说，他可以将埃及国王带来，让他接受鞭打，之后再将他送回去。国王听了很是高兴，让黑何露斯赶快作法。黑何露斯回到自己的住处，用一截蜡烛做成了一顶轿子和四个小人，接着念了一段咒语，轿子和小人就变成了真的。黑何露斯对四个小人下了命令，让他们深入埃及皇宫将埃及国王带来。在黑何露斯的魔法掩护下，四个小人悄无声息地将正在熟睡的吐特摩斯带到了埃塞俄比亚。

埃塞俄比亚国王见到被捆绑带来的吐特摩斯，心中很是畅快。他命人狠狠地抽了吐特摩斯一百鞭子，这一切都是在众多民众的见证下进行的。吐特摩斯被打得皮开肉绽，埃塞俄比亚国王厉声说："可恶的埃及法老，虽然在战场上你逞尽了威风，但现在你还不是卑微地被我践踏在脚下。从今往后的一个月，你每天都将遭受这样的惩罚，这是我对你的回敬。"说完，国王命人将吐特摩斯带走了。黑何露斯又施展魔法，让四个小人将吐特摩斯送回了埃及王宫。

第二天，醒来的吐特摩斯觉得浑身酸痛，背部的疼痛尤为剧烈，他想到了昨晚发生的那可怕的一幕。可是他现在又怎么会躺在自己的王宫之中呢？他忙招来众大臣，将自己昨晚的噩梦说给他们听。众大臣安慰法老说那不过是一场梦，可当他们检查法老的背部时，却全部惊呆了。法老背部的伤痕已经说明了噩梦的真实性，这到底是怎么回事呢？答案只有一个，那就是魔法。大臣们马上想到了这定然是黑何露斯施的魔法，于是有人建议请白何露斯来破解魔法，拯救法老。

白何露斯告诉法老不必担忧，他有办法让埃塞俄比亚国王也接受同样的惩罚。吐特摩斯此时更担心的是自己今夜还要遭受同样的

痛苦，他恳求白何露斯："伟大的魔法师，在您惩罚埃塞俄比亚国王之前，请您一定要保证我今夜不再遭受昨夜的痛苦。"白何露斯笑着说："放心吧，尊敬的法老，我会安排好的！"他将一个项圈戴在法老的脖子上，嘱咐法老无论何时都不能摘掉它，这样就可保他平安。听了白何露斯的话，吐特摩斯总算放心了。他绝对相信白何露斯可以制服黑何露斯。

白何露斯也用一截蜡烛做了一顶轿子和四个小人，并对他们施了魔法。轿子和小人都变成了真的，他让小人去埃塞俄比亚王宫将他们的国王抓来。埃塞俄比亚国王很快就被白何露斯的小人带到了埃及，而当黑何露斯派来的小人再次前来抓吐特摩斯的时候，吐特摩斯颈上的项圈却发挥了魔力，它瞬间变成一条巨蟒，将轿子和四个小人全部吞噬。黑何露斯的魔法被破解了，吐特摩斯已经做好了报复的准备。他将埃塞俄比亚国王狠狠地抽了五百鞭子，之后才交由白何露斯送回埃塞俄比亚。

埃塞俄比亚国王经过这惨痛的一夜，知道自己也定然中了埃及魔法师的魔法。他连忙叫来黑何露斯，让他保证自己的安全，自己

可不想再遭受第二次痛苦。黑何露斯让国王不必担心，接着也将一个项圈戴在了国王颈上。有了项圈的保护，埃塞俄比亚国王本以为自己可以睡个好觉，可没想到他仍然做了和昨晚相同的噩梦。原来，白何露斯早就知道黑何露斯会有所防备，于是在轿中藏了一条巨蟒。当项圈化为大蛇欲阻止轿夫时，轿中的巨蟒突然出现吞掉了大蛇。就这样，黑何露斯的魔法又被白何露斯破了。

再次遭受鞭打的埃塞俄比亚国王怒不可遏①，他要重重地惩罚黑何露斯，因为是他让自己遭受了这样的痛苦。黑何露斯苦苦求饶，说自己一定要到埃及去与白何露斯当面较量。尽管连他自己也觉得

微词典　①怒不可遏：愤怒得不能抑制，形容愤怒到了极点。

这样做有些自不量力，但他还是咽不下这口气。更重要的是，他必须对国王有所交代。当他把这一决定告诉自己母亲的时候，母亲竭力反对他这样做。他的母亲也是一位魔法师，深知白何露斯的厉害，她可不想自己的儿子去送死。可是无论母亲怎样劝，黑何露斯都一定要去。母亲见拦不住他，就让黑何露斯无论如何也要在他遭遇危险时通知她，以便她能及时出现，挽救他的性命。黑何露斯答应了，他告诉母亲，如果发现喝的水变成了红色，天上的云彩也变成了淡红色的时候，就是自己性命不保了。

黑何露斯运用魔法很快来到了埃及，向白何露斯发起了挑战。可是他根本就不是白何露斯的对手，很快就被白何露斯制服。就在白何露斯欲除掉黑何露斯的时候，黑何露斯的母亲出现了。她跪倒在白何露斯的面前，苦苦哀求着白何露斯放过自己的儿子，并保证此后绝不再与埃及人民为敌。黑何露斯也跪倒在地，请求白何露斯的原谅。白何露斯见母子二人真心悔改，就请求吐特摩斯原谅了他们。不过，白何露斯为了防止这对母子继续作恶，当即废除了他们的魔法。此后，黑何露斯还是黑何露斯，只是再没有人称他为魔法师了。

扫一扫，查答案

一、选择题。

1.宇宙中出现的第一位天神是（　　）

　　A.约神　　　　　　　　　　B.法罗

　　C.拉神　　　　　　　　　　D.伊西斯女神

2.（　　）生下叫佐苏马莱的物质，是世界上第一个实体的东西。

　　A.法罗　　　　　　　　　　B.格拉格拉

　　C.拉神　　　　　　　　　　D.约神

3.佩姆巴还特意给自己取了一个新名字叫（　　）

　　A.格拉　　　　　　　　　　B.法罗

　　C.穆索　　　　　　　　　　D.巴兰扎

4.佩姆巴用（　　）创造出了世界上第一个女人。

　　A.泥土　　　　　　　　　　B.水

　　C.石头　　　　　　　　　　D.树枝

5.伊西斯女神是（　　）的女儿。

　　A.拉神　　　　　　　　　　B.法罗

　　C.格拉格拉　　　　　　　　D.约神

6.（　　）被称为"众神之父"。

　　A.法罗　　　　　　　　　　B.约神

　　C.拉神　　　　　　　　　　D.伊西斯女神

7.拉神退位后将王位传给了（　　）

　　A.伊西斯　　　　　　　　　B.舒

　　C.努特　　　　　　　　　　D.哈托尔

8.可以让割取头颅的动物死而复活是魔法师（　　）

　　A.胡夫　　　　　　　　　　B.赫勒达迪夫

　　C.泰迪　　　　　　　　　　D.何露斯

二、填空题。

1.当约神的螺旋围绕着他旋转时，世界产生出了根本的＿＿＿＿＿＿＿＿，包括

＿＿＿＿＿＿、＿＿＿＿＿＿、＿＿＿＿＿＿、＿＿＿＿＿＿等。

2. ＿＿＿＿＿＿＿＿＿的长相很像鱼，他降落到了尼日尔河里，做了＿＿＿＿＿＿，掌管世界上所有的水域。

3. 拉神，埃及神话中的＿＿＿＿＿＿＿＿＿＿＿＿＿＿＿＿＿＿＿。

4. 约神从自身生出的两位天神是＿＿＿＿＿＿＿＿＿＿和＿＿＿＿＿＿＿＿＿＿＿。

5. 女人＿＿＿＿＿＿＿＿＿的第一个孩子是能找到智慧之神《魔法书》的人。

三、判断下列说法是否正确，正确的画"√"，错误的画"×"。

1. 法罗指导人们吃野生的西红柿，补充人体内的血液。 （　　）

2. 拉神在巡游的路上被一条毒蛇咬伤，这条毒蛇就是伊西斯女神的阴谋。
（　　）

3. 埃及最大金字塔的创建者胡夫法老找到了智慧之神的《魔法书》。 （　　）

4. 冥王奥西里斯和伊西斯女神的儿子是埃塞俄比亚的魔法师何露斯。 （　　）

5. 法罗生下了一个儿子名叫泰利科，是掌管空气的天神。 （　　）

6. 白何露斯并未原谅黑何露斯，不仅废除了他的魔法，还将他处死。 （　　）

7. 拉神虽然拥有不死的生命，但是他的外表会衰老。 （　　）

四、简答题。

1. 请简述一下拉神退位的原因及过程。

＿＿＿＿＿＿＿＿＿＿＿＿＿＿＿＿＿＿＿＿＿＿＿＿＿＿＿＿＿＿＿＿＿＿＿＿＿＿＿

＿＿＿＿＿＿＿＿＿＿＿＿＿＿＿＿＿＿＿＿＿＿＿＿＿＿＿＿＿＿＿＿＿＿＿＿＿＿＿

2. 根据《奥西里斯统治埃及》这个故事说一说奥西里斯的人物特点。

＿＿＿＿＿＿＿＿＿＿＿＿＿＿＿＿＿＿＿＿＿＿＿＿＿＿＿＿＿＿＿＿＿＿＿＿＿＿＿

＿＿＿＿＿＿＿＿＿＿＿＿＿＿＿＿＿＿＿＿＿＿＿＿＿＿＿＿＿＿＿＿＿＿＿＿＿＿＿

＿＿＿＿＿＿＿＿＿＿＿＿＿＿＿＿＿＿＿＿＿＿＿＿＿＿＿＿＿＿＿＿＿＿＿＿＿＿＿

巴比伦神话

阅读小贴士：

巴比伦神话不仅表现了巴比伦人对创世、人类起源问题的关心，对自然的崇拜，也反映了两河流域国家政治的统一，宗教由多神教向一神教的转变，还表明了巴比伦社会从母权制向父权制的过渡，以及从原始社会向奴隶社会转变的历史进程。

巴比伦的创世纪

世界尚未形成的时候，到处都是一片混沌和黑暗，没有一丝生机。在那个让人无法想象和理解的世界中，只有两位天神浑浑噩噩地蜷在里面，他们就是纯净之水阿普苏和涩咸之水提亚马特。

这两位被巴比伦人称为世界上最古老的天神不知道自己该做什么，也没有想过要做什么，只是彼此互不往来地生活着。他们的命运，就连他们自己都不清楚。

几亿年的时光过去了，世界内部发生了一些微妙的变化。也许是因为寂寞难耐，也许是因为命运的驱使，在一些后人无法知晓的原因的驱使下，阿普苏和提亚马特结合了。他们的结合方式非常简单，那就是一大片淡水（阿普苏）与那一大片的咸水（提亚马特）融合在一起，然后彼此搅拌。就这样，最早的生命气息在他们的体内酝酿着，用不了多久世界就将迎来很多新的天神。

最先出来的是一对双胞胎，阿普苏给他们取名叫拉赫姆和拉哈姆。这两位小天神从父母那里继承了非凡的神力，在很短的时间内就长大成人。他们相貌俊美，身材健硕，单单从外表看就能判断出他们是天神的儿子，而并非凡夫俗子。

第二个出生的是一对兄妹。他们就是英明神武的安沙尔和美丽

聪明的基什瓦尔。虽然他们比拉赫姆和拉哈姆晚一些来到这个世界，可是他们的力量却大大超过了两位哥哥。他们的身材更加高大，法力更加高强。最重要的是，这两位天神后来结为夫妇，而他们的儿子就是后来最有名的天神之王——安努。

就这样，阿普苏和提亚马特不停地互相搅拌，越来越多的天神来到了这个世界上。原来冷冷清清的、混沌黑暗的世界因为这些新生命的出现而变得热闹起来。阿普苏和提亚马特也不再孤独和寂寞，孩子们给他们带来了很多欢乐。

可是，好景不长。也许是阿普苏和提亚马特赋予这些小天神的力量太多了，也许是他们天生就是这样的性格，总之，阿普苏和提亚马特越来越不能忍受这些调皮的小家伙了。因为他们不停地追逐打闹，到处搞恶作剧。更加过分的是，就连最伟大的母神提亚马特也被他们骚扰了。终于，父神阿普苏再也无法忍受孩子们的顽皮了。

这一天，阿普苏神把提亚马特神和一位名叫穆穆的心腹叫到身边，怒气冲冲地对他们说："好了！闹剧该结束了，是教训一下那些可恶的孩子们的时候了！这些可恶的家伙没有一刻不给我们惹祸，整个世界都被他们搅得没一刻安宁。"

这个穆穆可不是省油的灯，他早就看不惯小天神们的所作所为了，如今见阿普苏有除掉他们的意思，立即在一旁煽风点火[1]说："是呀！伟大的阿普苏神，他们简直太可恶了。您完全有权利这么做，也应该这么做，因为他们是您创造出来的，您当然有权力把他们消灭。"

世界上最伟大的就是母爱，这一点对天神也不例外。提亚马特

微词典　①煽风点火：比喻鼓动别人做某种事（多指坏事）。

神对丈夫的决定十分不满，哭泣着对他说："亲爱的阿普苏，你怎么能做出这样的决定呢？要知道那些孩子还小哇！我们应该教导他们如何做，而不是因为他们做错了事就毁掉他们。是的，你有权力消灭他们，但是如果你要消灭他们的话，那么当初为什么要创造他们呢？"

阿普苏被提亚马特劝得有些心软，想改变自己的想法。可是，穆穆却不想放过这个机会，赶忙在一旁添油加醋地劝说。结果，阿普苏的心又硬了起来，吼道："好了，提亚马特，别再浪费唇舌了！那些可恶的家伙根本不听教训，只有消灭他们才能让世界恢复清静。"

提亚马特见阿普苏决心已定，知道无法挽救了。没办法，她也只得参与了进来。就这样，一个诛杀亲子的计划制订了下来。

可是，这个恶毒的计划在实施以前就被那些小天神们知道了。也许他们是从母亲提亚马特那里得到的消息吧！小天神们聚集在一起，商讨如何应对。他们知道，现在根本不能讲什么父子情深，因为即使他们想讲，他们的父亲阿普苏也不会讲。小天神们非常明白，现在最要紧的是先下手为强。

在小天神当中，最有智慧的应该算是水和智慧之神埃阿，所以他理所当然地当上了军师。埃阿神采飞扬地说："各位兄弟姐妹们！我已经对现在的局势进行了精确的分析。我认为我们面临的问题虽然很严峻，但是还没有发展到无法挽救的地步。虽然我们的父神阿普苏想要杀死我们，但是我们完全可以凭借自己的力量推翻他。不过有一点要注意，这次斗争不能只用武力，而必须使用智慧。你们不要担心，我已经有办法了。"

　　埃阿一顿云山雾罩的演讲把所有天神都听呆了，他们迫不及待地问："埃阿！你就别卖关子了！你到底有什么办法呀？你需要多少人做帮手，都需要哪些人？你现在快说出来吧！"

　　埃阿笑了笑，说："放心，你们不必为这件事负责，因为这次行动只需要我一个人就可以了。至于是什么方法，我还不能告诉你们。不过我有个条件，如果我办成此事，那么我们的父神阿普苏的尸体将归我所有，我可以任意支配他。"众神想都没想就答应了他的条件，他们想知道的是埃阿的计划到底行不行得通。

　　几天后，埃阿的计划果然成功了。原来，他趁阿普苏不注意，悄悄地施展法术，把能让人昏睡的咒语灌入他的耳朵里，使他一睡不醒。之后，埃阿又拿起一把宝剑，把他们的父神阿普苏杀害了。

　　所有的小天神都欢呼雀跃，因为他们不仅躲过了一场灾难，而且从今以后再也不用接受谁的管教了，他们可以随心所欲地做任何事情。按照事前的约定，埃阿得到了阿普苏的尸体，并在尸体的上面建造了一座华丽的宫殿。从那以后，埃阿居住的那片土地就被巴比伦人称为圣地。

大母神复仇

阿普苏死了，而且是被他的亲生子女杀死的，失去丈夫让提亚马特伤心欲绝。可怕的事情发生了，也许是太过伤心了，提亚马特心中的悲伤竟然变成了愤怒。她的形态本来是一大片水，可是因为愤怒却变成了一条长有七个脑袋的可怕的毒蛇。

老一辈的天神们发现了提亚马特的变化，他们就来劝她。其中一个天神说："可怜的提亚马特，你怎么变成这个样子了呢？哎！丈夫的离去使你太伤心了，你要振作一点。"另一个神接过来说："是呀！你要坚强！不过我对你的做法真的很失望，那些浑小子们杀死了阿普苏，那是他们的父亲，也是你的丈夫哇！你看你，只知道整天躲起来，你为什么不去找他们报仇呢？你是他们的母亲，你一定有能力除掉他们的。"

就这样，老天神们你一言我一语，纷纷指责起提亚马特，责怪她不采取行动为阿普苏报仇。终于，提亚马特被众神劝服了，那颗曾经善良仁爱的慈母之心此时已经完全被狂热的仇恨所吞噬了。提亚马特大声吼道："住口！不要再多说了！我明白我应该做什么了，等着瞧吧，我会让那些可恶的小鬼受到惩罚的。"老天神们欢呼雀跃，纷纷表示愿意奉她为首领。

刚刚平静的天界又大乱起来，以大母神提亚马特为首的天界魔军组成了。提亚马特召集了以前阿普苏的旧部，并从里面挑选出一个法力最强的人做了自己的丈夫，他就是被称为魔怪的金古。为了表示对他的信任，提亚马特把至高无上的命运簿交给了他，而且还让他做这支复仇军队的统帅。此外，为了给自己的部队补充有生力量，提亚马特还特意制造了十一个可怕的蛇妖，并让他们做了先锋。随后，这支强大的魔军就浩浩荡荡地出发了。

最先得知这一可怕消息的是埃阿，因为魔军第一个进攻的目标就是他。谁叫他杀死了阿普苏，还用父亲的尸体建造了自己的领地呢。此时，埃阿已经没有往日的镇静，而是惊慌失措地跑到了天神安沙尔那里，向他汇报情况。

安沙尔皱了皱眉，对埃阿说："这件事很难办，不过我觉得他们是冲你来的，因为是你杀了我们的父神，所以一切责任都要由你来承担。"

埃阿知道他要过河拆桥，生气地说："什么？我那么做还不是为了大家，要知道他们这次来的目的并不仅仅是找我，他们还要杀死所有的人，重新恢复阿普苏时代。"

安沙尔觉得埃阿说得有道理，连忙道歉说："对不起！不过，我认为提亚马特再怎么说也是我们的母亲，我觉得她未必想杀死我们。你是我们当中最聪明的，你去劝劝他们也许会管用。"

埃阿没办法，只好硬着头皮走出安沙尔的城堡，来到了魔军阵前。愤怒早已经充斥了魔军队伍中每一个人的心，他们根本不会听任何人的劝告。再加上埃阿心里非常害怕，以前那股伶牙俐齿的劲头早已无影无踪。结果可想而知，劝降没有成功，可怜的埃阿还险

些丢了性命。

没办法，由于形势所迫，安沙尔只得找来了所有的天神，一起商讨如何才能平定这次叛乱。但众神似乎一个个都变成了哑巴，没有一个人愿意出面，因为他们谁也不想得罪大母神。

这时，埃阿神悄悄走到他的儿子马尔都克身边，对他说："孩子！这次要看你的了！其实我早就可以举荐你，但是我没有。我就是要让所有的天神都感谢你，让他们把你奉为新一代的天神之王。如今，我已经老了，也没有那么多的雄心壮志了，只希望你能够成功！"

其实，马尔都克早就想请命出战，但因为没有父亲的允许，所以没敢有所行动。如今得到父亲的鼓励，他马上挺身而出，表示愿意接受这项任务。安沙尔打量了一番这位年轻人，点了点头说："好！我相信你一定可以完成这次平叛任务的。说吧，你需要什么，只要你说出来，我们都会满足你的！"

马尔都克笑了笑，说："其实很简单，安沙尔天神。我要你召开众神大会，然后你要在会上宣布，从今以后我就是天神最高的领袖，任何人都不能违反我的命令。因为是我拯救了所有的天神，是我打败了那些可怕的叛军。同时，只有你们赐予了我无穷的力量，我才能彻底地除掉那些魔军。此外，从今以后，我的命令不管是对是错，都是不能更改的，而且我所说的话都要变成现实。"

安沙尔犹豫了，因为马尔都克的条件太苛刻了。不过，眼前的危险才是最可怕的，让他当众神之王，总比给叛军杀死要好。因此安沙尔答应了马尔都克的条件。于是，众神聚集在一起，举行了一场盛大的宴会，并在宴会上把马尔都克扶上了王位。

第二天一大早，马尔都克带上众神的法宝，乘坐由"毁灭""无情""践踏"和"飞驰"四匹神马拉的风暴战车，来到了叛军面前。威风凛凛的马尔都克吓坏了一众叛军，此时他们已经头晕目眩，四肢无力，完全丧失了抵抗能力。

马尔都克冲到阵前，指责大母神提亚马特谋反、叛乱，有失母神的身份。提亚马特笑了笑，说："谋反？叛乱？这些词应该是说你们的吧？要知道是阿普苏和我创造了你们。如今你们杀死了他，还抢夺了他的政权，却在这里大谈什么谋反？真是可笑。"

马尔都克知道多说无益，于是采用了激将法，对她说："提亚马特，你是他们的母亲，但不是我的！你既然有胆子叛变，为什么没胆子和我决斗呢？"

果然，提亚马特忍受不了这样的讥讽，冲上前去与马尔都克决斗。由于得到天神们的赐福，马尔都克很快就把大母神提亚马特生擒活捉了，而那帮可怜的叛军也都沦为了阶下囚。

塞米拉米斯的故事

在古巴比伦的历史上，曾发生过多次洪水。有一次，<u>幼发拉底河[1]</u>发了洪水，很多乡镇和房屋被毁，不少人还失去了生命，只有天上的飞禽和水中的鱼儿安然度过了这场灾难。在一处水流相对平缓的角落，两条大鱼发现了一个巨大的鸟蛋漂浮在水面上。它们就将鸟蛋推到了岸边，使得鸟蛋也躲过了这场浩劫。

被两条大鱼救下的鸟蛋在岸边度过了一些时日。后来，一只鸽子飞到了岸边，它用自己的身体来孵那个鸟蛋。几天后，蛋壳破了，一个人面鱼身的女神诞生了。这位女神就是迪丽基吐神。女神为了感谢两条大鱼对自己的救助，就将它们送到了天上。南鱼星座中最明亮的两颗星，就是这两条大鱼变成的。

迪丽基吐神是公正、美德和聪慧的化身，只要是她许下的心愿，很快就会变为现实。女神觉得自己一个人太孤单了，就许愿怀了身孕。不久后，女神生下了一个和她一样漂亮的女孩。只是这个女孩并没有鱼的身子，完全就是人的模样。女神对这个孩子很不满意，她认为神和人应该有明显的区别，而自己的女儿竟然和人一模一样，

✳ **小讲坛** ①幼发拉底河：西南亚最大河流，全长约两千八百千米，是中东名河，与位于其东面的底格里斯河共同界定美索不达米亚。

反倒与自己相差甚远，这必然会受到其他天神的猜疑。她越看越不喜欢这个孩子，一狠心就将她扔到了荒郊野外。

尼尼微[1]的主神巴亚维斯发现了这个被遗弃的小生命，对她很是喜爱。他派使者到人间保护小女孩，并让一群鸽子负责喂养她。鸽子们用自己的翅膀为小女孩遮风挡雨，用嘴衔来甘甜的奶为小女孩充饥。在鸽子们的精心照料下，小女孩健康地成长着，只是她一直都没有一个家，她的家就是鸽子们用翅膀为她遮起的狭小空间。直到牧人将她抱走，她才有了真正意义上的家。

原来，牧人发现自家的奶酪每天都会丢。起初，他并没有在意，但天天如此，他就不得不留神了。一天，他决定留下来看个究竟。当他看到鸽子们衔住奶酪并没有自己吃，而是迅速飞走时，好奇心驱使他跟去看个究竟。就是这个猎奇之旅，牧人发现了小女孩。他还没有子女，见到这个异常美丽的小女孩，心生爱怜，于是决定把她带回家中抚养。就这样，小女孩在牧人家中一天天长大了，很快就长成了一个亭亭玉立的少女。牧人给她取名塞米拉米斯——就是小白鸽的意思。

塞米拉米斯很讨人喜欢，所有见过她的人无不为她的美丽所打动。一天，牧人带塞米拉米斯到集市上去，恰好看到了王家的骑兵卫队长西玛。西玛十分喜爱塞米拉米斯，他膝下也无子女，就想把塞米拉米斯收为养女。他给了牧人一大笔钱，便带走了塞米拉米斯。牧人虽然舍不得，但无奈对方位高权重，也只好认命了。塞米拉米斯在西玛家中很受宠爱，养父养母都对她百依百顺，尽量满足她的

☀ 小讲坛 ①尼尼微：古代亚述帝国的都城，位于底格里斯河东岸，在今伊拉克北部城市摩苏尔附近。

所有要求。后来，军机大臣米努吐斯来到西玛家中，对塞米拉米斯一见倾心，执意要娶塞米拉米斯为妻。西玛不敢违抗米努吐斯的命令，只能眼睁睁地看着塞米拉米斯被米努吐斯带走。

因为塞米拉米斯的美丽，米努吐斯对她恩宠有加，将她视为珍宝一样用心呵护着。他一直以拥有塞米拉米斯为荣，不管走到哪里都要带着她，整日与她形影不离。城中的百姓也都知道米努吐斯有一位美若天仙的新娘，他们都将塞米拉米斯视为心中的女神，对她十分崇敬。

一次，国王让米努吐斯随他一起出征，这就意味着他将要与自己心爱的妻子分别很长一段时间。米努吐斯很想把塞米拉米斯带在身边，但是他不能。一方面，随军打仗风餐露宿，他不忍心妻子受这样的苦；另一方面，他害怕国王看到塞米拉米斯，他知道国王只要看到塞米拉米斯就一定会喜欢上她，而自己作为臣子，显然是不能拒绝国王的。所以，他宁愿自己饱受相思之苦，也没有将塞米拉米斯带在身边。然而时间一长，米努吐斯还是耐不住寂寞，就悄悄让人接来了塞米拉米斯。

如果塞米拉米斯一直留在米努吐斯的帐中，或许还不会被国王发现，但她却做了一件异常抢眼的事。当时，军队进攻屡屡受挫，对方的城池久攻不下，所有人都非常着急。聪明的塞米拉米斯看出了其中的端倪，想出了一条破城之计。她让丈夫允许自己带领一队兵马从后面迂回进攻，由于对方的主力都集中在前面，所以她一定会得手。米努吐斯当然不想让她这样做，可塞米拉米斯坚持要去，他也只好随她。

塞米拉米斯果然取得了成功，帮助国王攻下了城池，但这样一来，也让国王不得不注意她了。米努吐斯最担心的事情终于发生了，国王见了塞米拉米斯之后就决定将她留在后宫之中。为了补偿米努吐斯，他同意将自己的女儿嫁给米努吐斯。可是在米努吐斯心中，任何人都是无法和塞米拉米斯相比的，就算是国王的女儿也不能。失去了爱妻，米努吐斯痛不欲生，他已经失去了生存的勇气和信心，于是到河边上吊自杀了。

得知丈夫自杀的消息后，塞米拉米斯并没表现出一丝悲痛。虽然丈夫这些年来对自己极为宠爱，但她并不爱丈夫，之所以会嫁给米努吐斯，那也完全是被逼无奈。当然，如今她奉命入宫，也是被逼的。国王对塞米拉米斯也是千依百顺，很快就封她为王后。但塞米拉米斯却对国王有很大的成见，因为国王太过残忍，总是滥杀无辜。尽管如此，她还是必须屈从于国王。长期的压抑让她迫切希望拥有权力，只有大权在握，才能摆脱被人摆布的命运。

塞米拉米斯凭着国王对她的宠爱，向国王提出了一个近乎无理的要求。她要求国王退下王位，让她做三天的国王。国王以为她只是在开玩笑，就满口答应。当塞米拉米斯真的要求国王下令的时候，国王还是不忍拒绝。就这样，塞米拉米斯利用手中的权力杀死了国王，成了新的女王。她带领军队东征西讨，打了无数场胜仗。但在征讨印度时，她受伤了。逃回尼尼微后，她的儿子开始谋划篡位。失去王位的塞米拉米斯一个人住在荒郊野外，日夜祈祷着能飞到天上去。最终，她的愿望实现了，成了天上的一位女神。

艾拉改恶从善

　　灾难之神艾拉喜欢到处搞破坏，给人间带来了不少灾难，因此人们都不喜欢他。看到人们对其他的神灵都毕恭毕敬，而对自己却爱答不理，艾拉心里很不平衡。他觉得人类太不把他这个神灵放在眼里了，必须要让人们尝尝他的厉害。究竟该怎样教训那群不知死活的人类呢？

　　艾拉一时想不到什么好办法，就找来了他的得力助手塞巴。塞巴有着怪异的身体，可以散发出死亡的气息，所有人见到他都难逃一死。见到主人坐在那里唉声叹气，塞巴忍不住说道："主人，不要想那么多了，我们现在就行动起来吧！只要您愿意，我们可以毁掉一切，让那些该死的人们都见鬼去吧！"塞巴已经迫不及待地想要出去杀个痛快了。听塞巴这么一说，艾拉也不再犹豫，决定马上给人类点颜色看看。

　　除了塞巴之外，艾拉身边还有一个谋臣，那就是伊布舒姆，他负责为艾拉安排一切事情。伊布舒姆与塞巴不同，他对人类有着深深的同情，不希望人类遭受灾难，更不希望人类被毁灭。当得知主人要去教训人类，他马上意识到人类要遭殃了，而且从这次出行的架势上看，人类所要面临的这场灾难将是空前的。他开始为人类的命运感到担忧，试图劝说艾拉放弃这次行动。可艾拉却把他大骂了一顿。无奈，他只好跟随着艾拉出发了。

艾拉知道，要带给人类毁灭性的灾难，必须先把众神之主马尔都克赶走。因为只要有马尔都克在，他就不会让灾难横行人间。怎样才能让马尔都克离开巴比伦城呢？艾拉想到了一个鬼主意。他来到马尔都克所在的艾札吉拉神庙，对马尔都克说道："我的主神哪！您快离开这里吧！有人正在对您的王位虎视眈眈，您快去看看吧！晚了您的王位恐怕就要被人窃取了。"马尔都克半信半疑，他担心王权被夺，但也担心自己的离开会给人间带来动乱。

看到马尔都克犹豫的样子，艾拉又接着说道："我的主神，请您不要再犹豫了，再迟恐怕就来不及了。如果您是担心您走后人类

的安危，那么我可以向您保证，在您离开的这段时间，人间大地不会有任何灾难降临，人类会平安地等待着您的归来。"得到艾拉的保证，马尔都克不再犹豫了。他轻信了艾拉的话，离开了巴比伦城。他并不知道，他这一走，人类就难逃被毁灭的厄运了。

　　眼见着马尔都克离开，艾拉露出了邪恶的笑容。他决定马上采取行动，毁灭所有的城市和村庄，杀光所有的居民。伊布舒姆非常着急，他劝说艾拉不要赶尽杀绝，否则众神都不会饶恕他的。可无论伊布舒姆说什么，艾拉一句话也听不进去。他已经决定的事，是任何人都无法改变的。在艾拉的命令下，塞巴开始对人间进行毁灭和杀戮。很快，人间大地一片狼藉。曾经繁华的城市转眼间就变成了废墟，刚才还在嬉笑的人们现在已经倒在了血泊之中。喧闹的人间完全失去了生机，景象凄惨得连艾拉自己都有些战栗。

　　伊布舒姆对着正在发呆的艾拉说："这就是你想要的结果吗？你杀死了所有人，毁掉了所有的城市，这样你满意了吗？做了这些，你能得到什么呢？你这样做只会让众神谴责你，让主神惩罚你。难道你到现在还没有后悔自己的所作所为吗？"伊布舒姆的话说到了艾拉的心里，此时此刻，他已经开始后悔了。他确实想报复人类，可

那完全都是因为人们不尊敬他，他一时生气才想要毁灭人类。如今当他做了这一切以后，他才觉得这样的结果并不是他想要的，他也不希望看到人间如此凄惨的景象。

艾拉真后悔自己没听伊布舒姆的劝告，可现在已经太晚了。他问伊布舒姆："我现在该怎么办？还有什么补救的办法吗？"伊布舒姆说："你现在要做的就是尽力去帮助阿卡德人，与他们成为朋友，并保证以后再不去祸害他们。"艾拉连连点头，保证自己一定做到。

众神知道艾拉所做的一切之后，都非常恼怒，他们找到众神之主马尔都克，要求严厉地惩罚艾拉，让他为自己造成的恶果付出代价。马尔都克也为艾拉对自己的欺骗十分恼火，一心要惩罚艾拉。可是当他们找到艾拉的时候，艾拉已经真心悔过，并热心地帮助阿卡德人对付临近的敌国。见艾拉确有悔改之意，众神也不再追究，允许艾拉戴罪立功。艾拉向众神发誓，自己一定会痛改前非，并多做好事，以弥补自己的过错。

之后的几年，艾拉帮助阿卡德人重新强大起来，荒废的巴比伦城又繁荣起来，人们再次过上了幸福安乐的生活。从那以后，人们对艾拉也开始尊敬起来。虽然这位灾难之神曾犯了不可饶恕的错误，但他却将功补过，帮助阿卡德人重新建立了自己的国家，让曾经毁灭的一切又重新出现在人们面前。人们没有忘记艾拉以前的过激行为，但同时也开始歌颂他的功德。

对于人们的评价，艾拉很满意。灾难之神从此不再祸乱人间，而是成了人类真正的朋友。

吉尔伽美什初遇恩启都

　　吉尔伽美什是众神创造出来的人间统治者，他在人间所向披靡，没有一个人是他的对手。但作为国王，吉尔伽美什却不是一个贤明的君主。

　　吉尔伽美什在人间的肆意妄行惹起了众怒，天神安努知道他必须尽快平复民怨，否则人间又要不太平了。他连夜叫来了大神乌鲁鲁，对乌鲁鲁说："当初你曾创造了英勇无畏的吉尔伽美什，现在我要求你再创造一个与他同样出色的人，让他成为吉尔伽美什的对手。这样，他们俩在人间就可以互相牵制，吉尔伽美什也就没有多余的精力去虐待百姓了。"

　　乌鲁鲁回到家后，用一块湿泥捏造出了一个像野牛一样健壮的怪物。那个怪物全身都长满了毛，披着一头及肩的长发，就像谷物神纳萨帕一样。这个怪物不认识人，也没有家，与森林中的猛兽们生活在一起，样子十分可怕。乌鲁鲁给他取名为恩启都，并赐给他和吉尔伽美什一样的勇气和力量。乌鲁鲁将他送到了人间，与一群猛兽共同生活在荒郊野外。

　　在恩启都降临人间的那晚，吉尔伽美什做了一个梦。他梦到天上的一颗星星突然降临到他的身边，他想要把星星拾起来，可无论怎样用力都搬不动它。就在这时，乌鲁克的居民们赶来了，他们将星星围得水泄不通。吉尔伽美什着急了，于是他俯身下去用力抱起了星星，一下将星星举过了头顶。随后，他带着星星去找自己的母亲宁孙女神。与星星站在一起，他们倒显得极为般配。

梦醒后，吉尔伽美什还在回想刚才的梦，一切都是那样真实，仿佛真的发生过一样。他想不通梦的含义，就去找自己的母亲宁孙女神。母亲为他解开了谜团，告诉他那个星星非同凡响，将与他成为患难中的知己。他们俩都是非常英勇的人，都是英雄式的人物。吉尔伽美什听了十分高兴，他正愁没有对手、没人懂他呢！他真希望马上就见到他的这个好伙伴，可是这个与他势均力敌的人物现在在哪呢？

吉尔伽美什惦记的恩启都整日与猛兽们生活在一起，出没于深山野林之中。一次，有个猎人无意中看到了恩启都。只见恩启都面色僵冷，目光逼人，看得猎人心惊胆战。更可怕的是，他力大无穷，将猎人设好的陷阱全都毁掉，并从猎人手中救出了很多猎物。好在他似乎并没有想伤害猎人的意思，转身就跟随猛兽们回到山林中去了。接连几天，猎人都看到了恩启都。他很害怕，甚至不敢再去捕杀猛兽了。之后的几天，他都没有出门，一直把自己关在家里，整日心不在焉，精神恍惚。

猎人的父亲见到儿子这样，很是担心，就问儿子到底发生了什么事。猎人将事情如实告诉了父亲。父亲对儿子说："别害怕，我倒是有一个办法可以对付他。你到乌鲁克去找一个叫吉尔伽美什的英雄，将你看到的一切都告诉他，然后向他讨要一名神妓。你带着神妓回来后，就到池塘边去等那个怪物。待怪物出现，你就让神妓尽情展现她的魅力。怪物必定会被神妓所吸引，这样他们就会离开了。"

猎人听了父亲的话，连夜赶往乌鲁克拜见了吉尔伽美什。吉尔伽美什很乐意帮忙，慷慨地送给他一名神妓。按照父亲的嘱咐，猎人叫神妓去引诱恩启都。恩启都果然被神妓迷住了，日夜与神妓纠缠在一起。几日之后，恩启都发现自己有了很大的变化，他不再像以前那样粗野狂暴，思路却比以前开阔了许多，比以前更有智慧了。野兽们不再与他亲近，而是看见他就跑。恩启都有些失落，他坐下来开始沉思。

神妓也坐到恩启都的身边，对他说："您是如此伟大的人物，怎么能在这里一直与野兽们生活在一起呢？您还是跟我到乌鲁克去吧！那里有跟您一样神勇的英雄吉尔伽美什，我们到他统治的地方去吧！"恩启都听说有人与自己一样神勇，不禁兴奋起来，对神妓说："我答应和你一起到乌鲁克去，我在这里没有任何对手，我想见见那个与我旗鼓相当的吉尔伽美什，我要向他挑战，与他一较高下！"

一路上，在神妓的指点下，恩启都开始习惯人类的生活。他身上的兽性慢慢褪去，人性渐渐彰显。当他到达乌鲁克的时候，已经是一个有完整人性的人了。

这一天，乌鲁克的街头特别热闹。大街小巷聚满了人，不少人都在朝一个地方赶。恩启都很是纳闷，就让神妓叫住一个路过的男人。神妓把男人带到恩启都身边，恩启都问男人："你们这是要去哪儿呀？是不是有什么热闹看？"男人说："我们的国王吉尔伽美什又在大张旗鼓地娶亲了。他已经娶了很多妻子了，就连已婚妇女都不放过。听说这次娶的这个也是已经结了婚的，哎，真是……"男人说不下去了，尽管他有满肚子的怨言，但在大街上抱怨他的国王总归不太好。

恩启都听了男人的话，气得脸色发青。他愤慨地对神妓说："这个吉尔伽美什也太不像话了，看我去教训教训他！"说着，他也随着人流向广场的方向走去。在广场上，已经聚集了不少人。当人们发现恩启都的时候，都觉得这个男人与他们的国王很相像，只是个子稍微矮了些。有人不禁欢呼起来："看哪！我们的国家来了一个和吉尔伽美什一样的英雄！"这一句话，使得全场人的目光都聚集在恩启都的身上。人们议论纷纷，有人说拯救乌鲁克人民的人出现了，也有人说一场异常激烈的较量即将在两个英雄之间展开。

吉尔伽美什发现了恩启都，恩启都也看到了吉尔伽美什。人们很自然地让出一条通道来给两位英雄，似乎在等待着他们的较量。可奇怪的是，恩启都一见吉尔伽美什，就怒声道："吉尔伽美什！你如此残忍冷酷，一点也不配做乌鲁克城的王。有本事跟我决斗一场，我一定能打败你！"素来自认无人能敌的吉尔伽美什怎能忍受恩启都如此的谩骂和挑衅，于是冲上去朝恩启都就是一拳。恩启都侧身让过，两个力大无穷的人你一拳，我一脚，真是打得难解难分。他们一路从台阶打到神庙里面，把神庙的柱子打断了，把大门打坏了，把墙壁打塌了，依然不分胜负。

不知道打了多久，两人打得筋疲力尽，还是没分出胜负。不过他们都没力气再斗下去了。不知道是因为太累还是心里欣赏恩启都这位难得一见的英雄，吉尔伽美什心里的怒气渐渐消了。恩启都也很佩服如此神勇无敌的吉尔伽美什，于是，两个人握手言欢，紧紧拥抱在一起，成了好朋友。

征讨洪巴巴

吉尔伽美什听说森林中住着一个无恶不作的恶魔，名叫洪巴巴。他到处兴风作浪，搞得人间生灵涂炭，而且他还抓走了女神伊什塔尔。吉尔伽美什决定去征讨洪巴巴，消灭人间的罪恶，救出女神伊什塔尔。他向恩启都征询意见，毕竟恩启都是从森林里出来的，比他更了解森林中的情况。

恩启都对吉尔伽美什说："那个恶魔十分可怕，没有人敢靠近他。只要他一声怪叫，山洪便会爆发；大口一张，便会喷出烈火。任何人只要吸了他吐出的一口气，就会马上死去。为什么你要去征服他呢？我劝你还是不要去了。"吉尔伽美什却说："我的朋友，难道你害怕了吗？我们都是勇敢的人，不要让自己身上的英雄气概丢失。跟我一起去讨伐那个恶魔吧！哪怕是战死，也可以流芳百世。"

恩启都确实是有一点担心，因为他刚做了一个十分不吉利的梦，这让他对这次出征充满了担忧，或许他会遭遇不测。不过他不愿打消吉尔伽美什的积极性，也不愿放弃征讨恶魔的机会，所以他答应同吉尔伽美什一起出征。

吉尔伽美什知道，他们此去充满了艰险，很可能一去不回。因此，在临行之前，他必须见见自己的母亲。他希望得到母亲的帮助和祝福，这将给他信心和力量。宁孙女神祈祷了一番，接着对恩启都说："孩子，你虽然不是我的亲生骨肉，但我现在愿意收你为义子。从此以后，你就是我的孩子了。我将我的儿子吉尔伽美什交给你，你一定要保证他的安全，让他平安回到我的身边。"恩启都点了点头，表示自己一定会保护吉尔伽美什的安全。

宁孙女神又对自己的儿子吉尔伽美什说："你们此去必定困难重重，森林中的情况你不熟悉，所以你要听恩启都的，让他走在你的前面。"吉尔伽美什答应了母亲。接着，宁孙女神又一一祝福了吉尔伽美什和恩启都，请求太阳神沙玛什一路上保护他们。吉尔伽美什和恩启都告别了母亲，就开始准备出征了。

吉尔伽美什命工匠为他打造了一把大斧和一柄长剑，恩启都也让工匠打造了几样武器。两个人各准备了六百磅的武器，用来对付恶魔洪巴巴。出发那天，乌鲁克的人民都来送行。一位德高望重的长老对吉尔伽美什说："此去充满了凶险，你性情又急躁，凡事不可鲁莽行事，多听听恩启都的意见，他比你更有经验，也更了解情况。听说洪巴巴十分凶恶，你们一定要多加小心，希望神保佑你们平安归来。"吉尔伽美什与恩启都热泪盈眶，告别了乌鲁克的人民，他们就上路了。乌鲁克的人民翘首以盼，都在等待着他们的英雄凯旋。

吉尔伽美什和恩启都日夜兼程，仅用了三天的时间就走完了常人要走一个半月的路程。当他们到达森林入口时，遇到了第一道障碍。洪巴巴手下的士兵正在入口处放哨站岗，他们个个都手拿尖枪，凶神恶煞地看着前方。吉尔伽美什有些心慌，在原地站了半天，也不敢上前战斗。恩启都见此情景，忙激励吉尔伽美什说："现在才

仅仅是个开始，你就已经退缩了吗？难道你连洪巴巴的影子都没见到就想要回去吗？想想出发前你的豪言壮语吧，我们要勇往直前，打败洪巴巴！"

听了恩启都的话，吉尔伽美什备受鼓舞，他挥起大斧，向哨兵走去。经过一番激烈的较量，吉尔伽美什和恩启都取得了胜利。通往森林的大门敞开了，他们离洪巴巴又近了一步。进入森林，他们觉得有些发晕。森林如此之大，究竟该到哪里去找洪巴巴呢？恩启都说："别着急，我们仔细找找，洪巴巴所行之处必然留有印迹。我们只要循着印迹去找，就一定可以找到洪巴巴。"果然，他们在森林中发现了一些特殊的变化，如大路变得笔直、小路变得平坦等。

在杉树山前，吉尔伽美什做了个梦。他梦到天塌地陷、电闪雷鸣，整个世界都陷入了一片黑暗之中。吉尔伽美什被噩梦惊醒了，他连忙把自己的梦说给恩启都听。恩启都听后，觉得杉树可能会对他们不利，于是拿起斧头将杉树砍倒。随着杉树的倒下，恶魔洪巴巴出现了。他愤怒地叫骂："是谁这么大的胆子，竟敢将我的杉树砍倒？"这震耳欲聋的吼声，吓得吉尔伽美什和恩启都连连后退。

就在危急时刻，太阳神沙玛什出现了。他对吉尔伽美什和恩启都说："不要害怕，快逼近他，千万不要被他的吼声吓住了。"吉尔伽美什与恩启都定了定神，勇敢地向洪巴巴冲去。太阳神沙玛什用狂风吹向了洪巴巴，刮得洪巴巴张不开眼睛，进退不得。经过一番激烈厮杀，洪巴巴招架不住，只好向吉尔伽美什投降。洪巴巴为了脱身，故意低三下四地讨好吉尔伽美什："我的英雄吉尔伽美什呀！您是最伟大的，我已经屈服在您的武力之下。我愿意做您的仆人，从此以后一心一意地伺候您，请您放过我吧！"

吉尔伽美什举起的斧头停在半空，似乎在犹豫什么。恩启都连忙劝道："吉尔伽美什，你可千万不要相信他的甜言蜜语，那些话都是哄你的。如果你在这个时候手软，我们就前功尽弃了。"听了恩启都的话，吉尔伽美什不再犹豫，举起手中的巨斧，用力砍下去，洪巴巴的头颅被砍掉了。接着，他们又救出了被困的伊什塔尔女神。

一场征讨恶魔的行动以胜利告终，所有人都由衷地感到高兴。

扫一扫，查答案

一、选择题。

1. 阿普苏是被谁杀害的？（　　）
   A. 提亚马特　　　　　B. 拉赫姆
   C. 基什瓦尔　　　　　D. 埃阿

2. （　　）把大母神提亚马特生擒活捉了，让叛军也都沦为了天神的阶下囚。
   A. 马尔都克　　　　　B. 埃阿
   C. 安沙尔　　　　　　D. 基什瓦尔

3. 塞米拉米斯是由（　　）抚养长大的。
   A. 两条大鱼　　　　　B. 迪丽基吐神
   C. 鸽子　　　　　　　D. 牧人

4. 艾拉有一位得力助手（　　），他有着怪异的身体，可以散发出死亡的气息，所有人见到他都难逃一死。
   A. 塞巴　　　　　　　B. 伊布舒姆
   C. 马尔都克　　　　　D. 阿卡德人

5. 乌鲁鲁用一块湿泥捏造出了一个像野牛一样健壮的怪物，他叫（　　）
   A. 吉尔伽美什　　　　B. 恩启都
   C. 神妓　　　　　　　D. 宁孙女神

6. 那个怪物全身都长满了毛，披着一头及肩的长发，他不认识人，也没有家，与猛兽们生活在一起，样子十分可怕，这里的怪物是指（　　）
   A. 吉尔伽美什　　　　B. 恩启都
   C. 神妓　　　　　　　D. 洪巴巴

7. 吉尔伽美什的母亲是（　　）
   A. 神妓　　　　　　　B. 乌鲁鲁
   C. 宁孙女神　　　　　D. 提亚马特

8. 在（　　）的指点下，恩启都开始习惯人类的生活，并前往乌鲁克，寻找吉尔伽美什。
   A. 乌鲁鲁　　　　　　B. 宁孙女神
   C. 猎人　　　　　　　D. 神妓

二、填空题。

1. 马尔都克带上众神的法宝，乘坐由"＿＿＿＿＿＿＿＿""＿＿＿＿＿＿＿＿""＿＿＿＿＿＿＿＿"和"＿＿＿＿＿＿＿＿"四匹神马拉的风暴战车，来到了大母神提亚马特和叛军面前。

2. 在小天神当中，最有智慧的应该算是水和智慧之神＿＿＿＿＿＿＿＿＿＿＿。

3. ＿＿＿＿＿＿＿＿是众神创造出来的人间统治者，他在人间所向披靡，没有人是他的对手。

4. 恶魔＿＿＿＿＿＿＿＿＿＿＿绑走了女神伊什塔尔。

5. 征讨恶魔洪巴巴之战中，＿＿＿＿＿＿＿＿＿＿＿拿起斧头将杉树砍倒，引出了恶魔洪巴巴。

三、判断下列说法是否正确，正确的画"√"，错误的画"×"。

1. 阿普苏和提亚马特结合后最先出来的是一对双胞胎，阿普苏给他们取名叫拉赫姆和拉哈姆。　　　　　　　　　　　　　　　（　　）

2. 塞米拉米斯死后变成南鱼星座中最明亮的两颗星。　　　（　　）

3. 灾难之神艾拉在祸害人间之后非常懊悔，于是向众神发誓，自己一定会痛改前非，并多做好事，以弥补自己的过错。　　　　　（　　）

4. 恩启都是众神创造，用于统治人类的王者。　　　　　　（　　）

5. 吉尔伽美什和恩启都成了患难中的知己。　　　　　　　（　　）

6. 恶魔洪巴巴最后成了吉尔伽美什的仆人。　　　　　　　（　　）

四、简答题。

1. 灾难之神艾拉为什么想要教训人类？

＿＿＿＿＿＿＿＿＿＿＿＿＿＿＿＿＿＿＿＿＿＿＿＿＿＿＿＿＿＿＿

＿＿＿＿＿＿＿＿＿＿＿＿＿＿＿＿＿＿＿＿＿＿＿＿＿＿＿＿＿＿＿

2. 吉尔伽美什与恩启都这两位都是神创造的英雄人物，你更喜欢哪一个？请说明理由。

＿＿＿＿＿＿＿＿＿＿＿＿＿＿＿＿＿＿＿＿＿＿＿＿＿＿＿＿＿＿＿

＿＿＿＿＿＿＿＿＿＿＿＿＿＿＿＿＿＿＿＿＿＿＿＿＿＿＿＿＿＿＿